KB022113

문학으로 덕질하다

문학으로 덕질하다

1쇄 발행일 | 2020년 10월 30일

지은이 | 신중선
펴낸이 | 윤영수
펴낸곳 | 문학나무
기획 마케팅 | 03085 서울 종로구 동숭4나길 28-1 예일하우스 301호
이메일 | mhnmoo@hanmail.net

출판등록 | 제312-2011-000064호 1991. 1. 5.
영업 마케팅부 | 전화 | 02-302-1250, 팩스 | 02-302-1251

값 15,000원
잘못된 책은 바꾸어 드립니다

ISBN 979-11-5629-108-4 03810

문학으로 덕질하다

신중선

인물스마트소설

문학나무

ㅣ작가의 말ㅣ 덕질에서 소설까지

'덕질'이란 '무언가를 파고드는 것'을 뜻하는 말로 요즘 흔히 사용되고 있습니다. 생소했던 말이 이제는 일상적인 용어가 되다 보니 '자신이 좋아하는 분야에 심취하여 그와 관련된 것들을 모으거나 찾아보는 행위를 이르는 말'로 어학사전에까지 등재되었죠. 이 책에는 국내 예술가 아홉에 해외 예술가 여덟 이렇게 총 열일곱 명이 등장합니다. 제가 여기서 다룬 분야는 문학, 대중음악, 미술, 영화, 그리고 패션입니다. 오랜 기간에 걸쳐 좋아하던(또는 소설화시킨다면 의미 있는 작업이 될 만한) 예술가들로 채웠습니다. 좋아하다보니 좀 더 알고 싶었던 것이고 나아가서는 그들 인물에 관해 쓰고 싶다는 욕구에까지 이르게 된 것이죠. 특히나 시대를 앞서갔던 나혜석이나 김명순 같은 이들은 제가 작가로서, 더욱이 여성작가로서 쓰지 않으면 안 되었습니다.

『문학으로 덕질하다』에 등장하는 이야기에 완벽한 허구는 없습니다. 저는 이 책에서, 실존인물이건 작중인물이건 각 인물들의 인생사에 등장하는 어떤 시점의 서사를 뼈대로 삼고 그 위에 상상력을 덧칠하여 재창조하는 방법을 택했습니다. 때문에 이제까지 볼 수 없었던 다소 특이한 느낌의 소설을 읽게 될 것입니다.

문예지 『문학나무』에서는 '스마트소설'이라 명명한 아주 짧은 소설운동을 수년 째 전개하고 있습니다. 스마트소설이란 짧은 형식 안에 깊은 내용을 담으려는 픽션의 다른 이름입니다. 손안의 컴퓨터인 스마트폰을 겨냥하는 새로운 소설을 파종하여 품격 있는 차세대 문학의 지평을 열고자 하는 문학운동이죠. 스마트소설은 기존의 단편소설에 비해 분량이 적고 소통의 속도가 빠르며 당대의 현실에 민감합니다. 따라서 스마트소설이 우선 고려하는 점은 적절한 분량입니다. 200자원고지 10매 내외, 길어야 30매 이내의 분량으로 압축하여 씁니다. 무엇보다 압축미와 간결미를 지녀야 하며 그럼에도 끝내 포기하면 안 되는 것이 문학적 품격이죠. 그러니 스마트소설의 방점이 결코 '스마트'에만 찍혀서는 안 되는 것입니다.* 그리고 스마트소설 중에서도 인물을 주제로 하여 쓴 소설을 인물스마트소설이라 칭합니다.

제가 문예지 『문학나무』에 인물스마트소설을 처음 발표한 것은 2012년으로 거슬러 올라갑니다. 이후 본격적으로 『문학나무』에 인물스마트소설을 연재하게 되었는데, 2016년 가을호에 시작하여 2019년 여름호로 끝을 맺었습니다. 평소 관심을 가지고 있었거나 좋아하던 아티스트들에 대해 쓰다 보니 집필과정이 재미나고 행복했습니다. 인물 드로잉 작업도 역시나 즐거웠죠. 독자들께서도 이 소설을 읽으시는 동안 행복했으면 좋겠어요. 책이 나오기까지 애써주신 『문학나무』 황충상 주간님께 깊이 감사드리며 또한 이 색다른 소설을 읽어주실 익명의 독자들께도 미리 감사드립니다.

2020년 가을

신중선

---

*스마트소설박인성문학상 2013수상작품집, 주수자 외, 문학나무, 2013, 4-9p 참조

차례

외국 인물 스마트소설

한국

인물 스마트소설

김명순 _ 주홍글씨는 지워지지 않는다

이병헌 _ 천생 배우 중 배우

마광수 _ 참으로 야만적이고 인간적인

박진영 _ 그대는 처음의 움직임이다

오 윤 _ 누구에게나 특별한 하루가 있다

나혜석 _ 모든 연애는 떳떳하다

이 상 _ 사람은 누구나 겨드랑이에 날개가 있다오

주지훈 _ 한없이 즐거운 배우의 상상

이상봉 _ 나를 보는 마지막 어른

문학으로 덕질하다 | 할 수만 있는 대로 또 학대해 보아라

김명순

소설가 · 시인 · 배우 1896~1951

작가노트 _ 김명순의 엄청난 불운에 대해 듣게 된 건 아주 오래 전의 일이다. 가난에 시달리다 타국에서 정신병으로 사망했다고 전해지는 김명순은 김동인의 「김연실전」 실제인물로도 알려져 있다. 여성해방을 위한 저항정신을 작품으로 표현했으나 시대의 희생자로 생을 마칠 수밖에 없었던 그녀에 대해 어떤 식으로든 써야겠다고 마음먹은 바 있었다.
이 소설 「할 수만 있는 대로 또 학대해 보아라」에 김명순의 친구로 등장하는

할 수만 있는
대로 또
학대해 보아라

조남숙은 김명순의 진명여학교 동기동창으로, 기록에도 나와 있다. 조남숙의 남편으로 나오는 이병도 역시 김억, 염상섭 등과 함께 문학동인지 『폐허』를 창간한 멤버이자 김명순과는 일본 유학시절부터 서로 알고 지내던 사이다. 이러한 사실들에 의거, 스마트소설을 구성해 보았다. 그러나 여기 등장하는 조남숙과 김명순 사이의 에피소드는 물론 상상력의 산물이며 완벽한 허구임을 밝힌다.

할 수만 있는 대로 또 학대해 보아라*

"어떤 면에서는 네가 부럽기도 해. 보통의 조선여자들과는 다르게 살았잖아. 최초의 여류작가라는 타이틀에다 연애도 실컷 해보고."

남숙의 말에 명순이 고개를 흔든다.

"이제 와서 그게 다 무슨 소용이야."

"너는 시인이고 소설가이며 평론가에다 기자이고 배우이기도 하잖아. 조선 땅에서 어느 여자가 너처럼 살다 가겠어."

"부질없는 일이지. 병약하고 갈 곳 없어 친구 집 신세나 지고 있는 처지인데 뭘."

일부러 좋은 말은 다 늘어놓고 있긴 해도 명순의 핏기 없는 낯을 보고 있자니 남숙은 애달픈 마음 금할 길이 없다. 금방이라도 눈물이 터져 나올 거 같아 남숙이 얼른 일어선다.

"좀 누워있어. 먹을 것 좀 차려올게."

남숙이 이부자리를 깔아주니 명순은 못 이기는 척 드러눕고는 눈을 감는다. 문 닫히는 소리가 나자 명순이 다시 눈을 뜨는데, 눈꼬리를 타고 눈물이 흘러내리고 있다.

남숙의 집에 머물게 된 데에는 남숙의 남편 이병도가

「조선유학사」 원고정리를 명순에게 부탁한 게 계기가 되었다. 이병도와 명순은 『폐허』 동인으로 일본 유학시절부터 서로 알고 지내던 사이다. 그러나 아무리 그렇기로서니 그 인연만으로는 남의 집에 기거할 수 없었을 것이다. 혼자 몸도 아니고 아버지 없는 아들까지 딸린 처지 아니던가. 이곳에 몸을 의탁할 수 있었던 결정적 동기는 김명순과 조남숙이 진명여학교 동기동창이라 가능했던 일이다. 구한말 육군참정을 지낸 무관을 아버지로 둔 남숙은 일찍이 열다섯 나이에 동갑나기 이병도와 혼인했다. 두 사람은 슬하에 5남 4녀를 두고 다복한 가정을 꾸리고 있었다.

젊은 시절 명순은 자기 삶의 방식이 옳다고 여겼다. 당대 최고 지성으로 꼽히던 이광수나 최남선, 나혜석 등과 같은 유명인들과도 교류하며 지냈으니 세상에 부러울 게 없었다. 그뿐이던가. 영화배우로도 활약, 다수의 작품에 출연하기도 했다. 그러나 나이가 들자 창작기력이 소진했는지 더 이상 작품을 쓸 수 없었고 영화섭외도 없었다. 모아둔 돈도 없었던 명순은 급기야 남의 집 더부살이하는 처지로까지 전락하게 되었다. 그녀는 하루하루가 슬프고 서러웠다.

명순은 기생 출신의 산월과 평양 부자 김희경 사이에서 1896년 태어났다. 워낙 영민해서 아버지의 사랑을 듬뿍 받으면서 성장했다. 그랬기에 여성임에도 일찍이 서당에서 한학을 배우고 야소교학교 등에서 신학문도 공부할 기회를 얻었을 것이다. 소학교과정을 마친 후로는 진명여학교에 입학했다. 진명을 다닐 때까지만 해도 명순은 자신의 앞길이 창창하리라 믿어 의심치 않았다.

"그 끔찍한 일만 벌어지지 않았더라도."

명순이 긴 한숨을 내쉬더니 질끈 눈을 감는다. 결코 생각하기 싫다는 듯이.

얼마나 시간이 흘렀을까, 인기척이 나는 듯싶더니 남숙이 들어왔다. 그녀는 개다리소반을 들고 있었다.

"우리 바깥양반은 오늘 늦을 거야."

당시 이병도는 중앙불교전문학교에서 조선유학사를 강의하는 사학자였다. 그는 후일 서울대 대학원장을 거쳐 문교장관까지 지내게 된다.

얼른 일어난 명순이 이부자리를 개어 벽 쪽에다 밀어붙인다. 고급 옻칠소반에는 도자기 주병이 김치, 호박전, 버섯전 등과 함께 놓여있었다.

"어느새 전을 다 부치고……"

남숙이 말없이 명순의 사발에 술을 따른 후 자신의 것에도 채운다.

"알맞게 발효됐더라."

명순이 의아한 듯 눈을 동그랗게 뜬다.

"너는 술 못하잖아. 웬 술을 다 담그고."

"일부러 담근 것이야. 너 주려고. 나는 목만 축일게."

명순의 눈에 그렁그렁 눈물이 고인다. 남숙은 짐짓 모르는 척 고개 숙여 제 앞에 놓인 막걸리 사발을 입술에 갖다 댄다. 그녀 또한 눈물이 나려고 해서 연신 눈을 끔벅인다. 티 내지 않으려고 안간힘을 썼는데도 툭, 눈물 한 방울이 그예 소반 위로 떨어지고야 만다.

여학교 시절, 처음 명순을 봤던 순간을 남숙은 기억한다. 까무잡잡한 피부에 날카로운 인상이었다. 쉽게 접근할 수 있는 스타일의 여학생은 아니었다. 눈에 띄게 총명한 데다 글도 잘 지어서 교사들의 사랑을 독차지했다. 학우들 사이에서도 선망의 대상이었다. 하지만 소실의 딸이라는 사실이 알려지자 사태가 역전되었다. 제법 행세깨나 한다는 집안의 여식들이 맨 먼저 돌아섰다. 그러자 다른 아이들까지 덩달아 명순을 따돌렸다. 다만 남숙 만은 예외였다. 그런 인연으로 두 사람의 우정이 마흔 둘이 된 오늘까지도 변함없이 이어져오고 있는 것이다.

또래소녀들의 차별이야 크게 신경 쓰이지 않았지만 자신이 소실의 딸이라는 엄연한 사실을 부인할 수 없었기에 명순은 괴로웠다. 이러한 출생성분은 평생에 걸쳐 그녀에게 치명적인 독으로 작용하게 되고 특출한 한 여성의 삶 전체를 송두리째 지배하기에 이른다. 타고난 운명을 순순하게 받아들였더라면 불행의 나락으로 떨어지지 않았을지 모른다. 하지만 이 자의식 강한 신여성은 굴레에서 벗어나고자 몸부림쳤다.

"첩의 소생으로 태어난 게 내 잘못은 아니잖아. 인간은 모두 평등한 존재다. 내가 왜 차별 당해야 하나. 억울하다!"

명순이 수백 수천 번이고 되뇌던 말이다.

명순이 막걸리 한 사발을 홀쩍 비우자 남숙이 얼른 잔을 채워준다.

"나도 너처럼 여학교 졸업하고 얌전히 혼인이나 할 것을. 어찌하여 일본으로 건너갔던고."

명순의 한 서린 자책에 남숙이 깊은 한숨을 토해낸다.

"명순아 그때 혹시 네가 그 인간하고 혼인했다면 어땠을까. 그랬다면 지금쯤 아들딸 낳고 잘 살고 있을까?"

명순은 진명여학교를 졸업하던 이듬해인 1913년 부푼 꿈을 안고 일본유학길에 올랐다. 동경 국정여학교에 편입해 다니면서 유학생 모임에 참여하는 등 활달하고 적극적인 삶을 살고 있었다. 그런데 이무렵 만난 일본군 중위 이응준에게 데이트 강간을 당하게 된다. 아오야마 연병장 근처 숲을 거닐 던 중 순식간에 벌어진 일이었다. 수치심에 자살을 기도했으나 미수에 그쳤다. 명순은 피해자였음에도 기생의 딸이라는 출생 이력 때문에 도리어 '헤픈 여자'라는 오해를 감수해야 했다.

"나는 그날, 그저 데이트를 했을 뿐이었어."

명순이 당시를 회상하면서 몸을 부르르 떤다.

"그때 너희 집안에서 이응준에게 혼인을 권했다며?"

"그랬지. 나는 결코 원치 않았지만 집안 어른들이야 그 사람한테 시집가지 않으면 큰일 날 것처럼 굴었으니까. 그런데 어이없는 건 이응준이 거절했다는 사실이야."

"지금도 치가 떨린다. 그런 인간은 종로통에 세워놓고 돌팔매질 당해도 시원찮겠거늘 벌은커녕 최근에는 중령계급장까지 달았다더라. 앞으로 더욱 승승장구하겠지. 세상이 왜 이렇게 불공평한지."

"남숙아. 그때 내 나이 겨우 열아홉이었어. 여자라는 이유 하나 만으로 손가락질을 당했지. 여학교의 명예를 더럽혔다며 졸업생 명부에서도 삭제되고 쫓겨나듯 귀국해야 했단다."

"언론은 네가 이응준을 짝사랑하다가 실연하자 자살 시도한 것으로 보도했어. 그러자 사람들은 경성을 뒤흔든 열한 가지 연애사건 중 하나라며 쑥덕댔고."

"짝사랑이라니, 당치 않아."

"너한테 사건의 전말을 듣기 전까지는 나도 그걸 믿었단다."

분한 마음을 달래기 힘들다는 듯 남숙이 술 한 사발을 홀짝 마셔버린다.

"술도 못하면서."

"너무 화가 나서 그래."

"술 먹였다고 네 서방이 나한테 뭐라 하겠다."

"그러든가!"

두 사람은 오랜만에 소리 내어 웃는다. 하지만 그것도 잠시, 방안은 침묵 속에 빠져든다. 어색한 분위기를 깬 이는 남숙이다. 그녀가 목소리를 높여 따지듯 내뱉는다.

"우리 여성들은 왜 차별대우를 받아야 하는 걸까?"

"그래도 남숙이 너는 잘 살고 있잖아."

"남 보기엔 그럴 테지. 하지만 조선여성들의 삶이란 게…… 아, 정말이지 언제쯤이면 남성과 동등한 인격체로 바로 설 수 있을지."

"조선은 우리 여성에게 사나운 곳이야."

"그런데 명순아. 너는 어째서 그렇게 여러 학교를 다니고 또 다녔니? 나는 그게 항상 궁금하더라."

"나는 첩의 자식이잖아. 신분 상승이 필요했어. 고학력을 만들어서 누구도 나를 무시하지 못하게 하자, 그렇게 결심했어. 그래서 진명 졸업 후에도 숙명과 이화를 다시 또 다닌 것이고 같은 이유로 동경여전도 가게 된 거야."

"소원대로 신분이 상승되었니?"

명순이 도리질했다.

"아무리 노력해도 내 꼬리표는 없어지지 않더라. 그들에 의하면 나는 태생부터 '나쁜 피'를 안고 태어났으니까."

"그들이라면 누구를 말하는 거야?"

"동료 남성문인들. 나를 이렇게 만든 책임의 8할 가량이 그 사람들이라고 생각해. 거기에 불을 붙인 이가 김동인이야. 어떻게 나를 모델로 그런 소설을 쓸 수 있니!"

"단편 「김연실전」 말하는 거지?"

"참으로 잔인했어. 내가 뭘 그렇게 잘못했니. 여자로 태어났다는 것과 조선에서 태어났다는 것이 죄라면 죄겠지."

"우리 조선이 어서 깨어나야 하는데 말이야."

"참 나는 죄가 하나 더 있지. 첩의 딸로 태어난 원죄."

"그게 어떻게 네 죄니!"

"생각해 보니 하나 더 있네. 조선여자한테는 어울리지 않는 자유연애주의자라는 사실."

"너의 그런 사상을 존경스럽게 생각했을 때도 있단다."

"내 비록 그 때문에 욕을 먹고는 있지만 지금도 내 생각은 변함없어."

소실의 딸이라는 주홍글씨는 끝내 지워지지 않았다. 단편소설 「의심의 소녀」로 이광수에게서 극찬을 받고 소설가로 데뷔해도, 신문사 기자로 활약해도, 배우가 되어 주연급으로 출연해도 결국엔 소실의 딸로 귀결되었다. 명순을 끈질기게 괴롭힌 부류는 다름 아닌 남성 문인들이었다. 자유연애를 부르짖는 명순은 그들 눈에는 '남편 많은 처녀'이자 탕녀였다. 남성 자신들은 조선과 일본을 오가며 본처 버려두고 밥 먹듯 연애를 하면서 김명순이라는 이름을 가진 조선여자의 자유연애는 성욕생활이 무절제한 여자의 일탈이었으며 정조관념 없는 더러운 여자의 방탕한 행위에 다름 아니었던 것이다.

"내가 소실의 딸이 아니었다면 고학력을 따내기 위해 발버둥치지 않았을 테지. 그랬다면 굳이 일본까지 건너가지도 않았을 것이고 그런 치욕스러운 일도 안 당했을 거야. 또 그랬다면 어쩌면, 어쩌면 나도 다른 조선여성들처럼 평범하게 살고 있을지도 모르지."

제법 취기가 도는지 명순의 말이 길게 늘어지기 시작했다.

"내 안의 내가 끊임없이 부추겼단다. 더 높은 곳으로, 더 높은 곳으로 오르라고. 다 나의 콤플렉스 때문이었어. 학벌도 일도 욕심내지 않았더라면 나는 지금쯤 잘 살고 있을까."

명순은 금방이라도 울 듯한 표정으로 되풀이하여 말한다.

"잘 살고 있을까?"

회환이 가득 서린 친구의 말에 남숙의 가슴이 찢어지듯 아려왔다.

"남숙아. 내가 지은 시 하나 들려줄까?"

"응? 그래. 듣고 싶어."

"제목은 「유언」이야."

"에그 망측하게."

명순을 뉘어야겠다고 생각한 남숙이 밀쳐놨던 이부자리를 끌어왔다.

명순이 중얼중얼 시를 읊기 시작했다. 술기운에 발음이 어눌하여 전부 알아들을 수는 없었지만 어떤 심정으로 시를 썼는지 십분 이해되고도 남는 슬픈 내용이었다.

"조선아 내가 너를 영결할 때

(중략)

죽은 시체에게라도 더 학대해다구

그래도 부족하거든

이다음에 나 같은 사람 나더라도

할 수만 있는 대로 또 학대해 보아라

(중략)

이 사나운 곳아 사나운 곳아"

남숙이 이불을 채 다 펴기도 전에 명순은 바닥에 쓰러졌다. 명순의 속눈썹에 대롱대롱 매달려있는 눈물을 보자 남숙의 두 눈에서도 주르륵 눈물이 흘러내린다.

*김명순의 시 「유언」 중에서 인용

작가노트 _ 누군가가 내게 가장 좋아하는 한국배우를 꼽으라고 하면 주저 없이 이병헌을 말하곤 한다. 연기하는 방식도 좋아하지만 진지해 보이는 눈빛, 단단한 느낌의 용모도 마음에 든다. 연기 스펙트럼이 넓어서 멜로, 사극, 액션 등 모든 장르를 아우르고 개그캐릭터도 능청스럽게 잘 한다. 게다가 목소리까지 좋다. 그러니까 천생 배우라는 얘기.

이병헌의 영화는 대부분 흥행에 성공하고 있는데, 그러나 이 소설 「종만이, 꿈을 이루다」에서 모티브로 삼은 〈지상만가〉는 이 대열에 속하지 않는다. 또한 그리 널리 알려진 영화도 아니다. 한국배우를 대상으로 글을 써야겠다고 작정했을 때 제일 먼저 떠오른 인물이 이병헌이었고 이 배우로 글을 쓰기 위해 컴퓨터 앞에 앉았을 때에 나는 〈지상만가〉의 종만이를 기억의 창고에서 끄집어냈다. 영화 개봉일로부터 23년이라는 긴 세월이 흘렀음에도 종만이는 여전히 턱시도 차림으로 내 눈앞에 서있었던 거다.

문학으로 덕질하다 | 종만이, 꿈을 이루다

이병헌

영화배우 1970~

종만이,
꿈을
이루다

종만이, 꿈을 이루다

예고도 없이 우리 집을 찾은 사촌은 다소 격앙되어 있었다.

"형, 형. 이병헌 이번 연기 아주 끝내줘."

"뭘 보고 왔는데?"

"〈좋은 놈, 나쁜 놈, 이상한 놈〉."

"이병헌은 어떤 놈으로 나와?"

"나쁜 놈."

"의외네. 악역은 처음일 텐데."

"일부러 악역을 해보지 않은 배우로 캐스팅했다던데?"

"놈놈놈이라, 제목부터 흥미롭다."

"악마 같은 표정과 말투가 완전 일품이었어. 의외로 악역에서 빛을 발하더라고."

"이병헌이야 뭘 하든 빛나지 않을까!"

때는 2008년, 사촌 나이 스물한 살 때의 일이다.

그로부터 일 년 후인 2009년의 어느 밤, 이날도 사촌의 방문은 느닷없었다.

"형. 이병헌이 드디어 꿈을 이룬 거 같아."

"이병헌의 꿈을 네가 어떻게 알아?"

"〈지상만가〉에 나오잖아. 할리우드 가서 세계적 스타가 되는 거."
"그건 이병헌의 꿈이 아니라 주인공 종만의 꿈이지."
"어쨌든."
사촌은 제 일이나 되는 듯 흥분해서는 축하주를 마시자며 나를 끌고 나갔다. 스톰 셰도우가 말이야, 이러면서 사촌은 술자리 내내 들떠 있었다. 스톰 셰도우는 〈지아이조: 전쟁의 서막〉에서 이병헌이 맡은 배역으로, 이 영화는 그의 할리우드 입성 첫 번째 영화다.

다시 6년이 지난 2015년의 어느 날, 늘 그렇듯이 이때도 사촌은 갑자기 들이닥쳤다.
"형. 내가 어디서 오는 건지 맞춰봐."
"내가 점쟁이도 아니고 어떻게 알겠냐."
"〈내부자들〉 시사회 보고 오는 길이야."
"이병헌 신작 말이지? 평이 좋더라."
당연하다는 듯 사촌이 엄지를 치켜세웠다.
"소름 돋는 연기였어."

2016년 2월, 이번에도 사촌은 사전연락 없이 나타났다.
"혹시 또 이병헌?"
고개를 끄덕인 사촌이 거두절미하고 텔레비전 리모컨을 손에 쥐었다. 그는 제88회 아카데미 시상식이 방영되고 있는 채널을 선택한 후 리모컨을 바닥에 내려놓았다.

"이건 재방송이야. 난 이미 본방을 봤지만 형한테 보여줄 게 있어서 부리나케 왔어."

우리는 동시통역으로 중계되는 영화제 행사에 열중했다. 이병헌은 보타이에 턱시도 차림으로 등장했다. 외국어영화상 수상작 발표를 위해 무대에 오른 그는 놀라울 정도의 능숙한 영어로 말한 뒤 오스카트로피를 수상자에게 건넸다. 이병헌은 아카데미 시상식장의 레드카펫을 밟은 최초의 한국배우가 되었다.

"이병헌의 턱시도를 자세히 봐."

"턱시도가 왜?"

"〈지상만가〉 마지막 장면 기억 안나? 그때 종만이 의상하고 똑같잖아."

*

방학기간이었다. 사촌과 나는 할머니 집에서 몇날 며칠을 함께 뒹굴면서 놀았다. 그러던 중에 영화 하나를 보게 되었다. 막내삼촌이 브이티알 데크에 넣어놓은 채로 외출하는 바람에 우연히 보게 된 영화였다. 〈지상만가〉라는 제목에서 홍콩영화의 느낌이 언뜻 나기는 했지만 이병헌 신현준 등 한국배우들이 등장하는 국산영화였다. 당시 사촌이 열 살, 내가 열한 살이었으니 그 영화는 우리 연령대가 봐도 되는 수준의 것은 아니었을 것이다. 하지만 몹시 심심했고 오락거리가 필요했으며 간섭할 어른도 없었기에 앞뒤 생각할 겨를 없이 재생버튼을 눌렀다. 영화는 재미있었다. 당시 한창 인기 끌던 홍콩영화에 견줘도 뒤지지 않을 만큼이나. 우리는 완전히 빠져들었다. 그렇긴 해도 이 영화가 사촌의 인생을 바꿔놓을 거라고는 그나 나나 예측하지 못했다.

〈지상만가〉에는 할리우드 스타를 꿈꾸는 단역배우 종만이 등장한다. 이병헌이 배역을 맡은 종만은 생업으로 술집 웨이터 일을 하지만 당대 최고의 미국 여배우 멕 라이언과 함께 멜로영화를 찍고야 말겠다는 소망을 품고 있는 청년이다. 그는 자신이 쓴 시놉시스를 할리우드에 보낸다. 보내고 또 보내도 감감무소식이지만 절대로 좌절하지 않는다. 그러던 중 기적처럼 한 영화사로부터 긍정적인 답을 담은 팩스를 받게 된다. 그러나 기쁨도 잠시, 무리한 스턴트 연기를 하던 도중 불행한 최후를 맞게 된다.

〈지상만가〉에서 종만이 할리우드 키드로 나오듯이 사촌은 이날부로 이병헌 키드가 되었다. 사촌은 이후로 이병헌의 영화라면 빼놓지 않고 보러 다녔으며 극중 종만처럼 할리우드 진출을 꿈꾸게 되었다. 사촌의 현실상황도 영화와 빼다 박았다. 종만이 그랬던 것처럼 현재 단역배우로 활동 중이기 때문이다.

*

"형. 저 예복, 생각나지?"

잠시 19년 전의 어느 날로 되돌아가 있던 나는 사촌의 재촉에 그제야 비로소 현실로 돌아올 수 있었다.

"그럼. 당연하지."

사촌이 열 살 나이에 봤던 영화를 지금껏 기억하는 이유는 비디오테이프를 구해서 십 수 차례 돌려봤기에 가능했던 일이다. 사촌이 되풀이해서 감상할 때 이따금은 함께했기에 나 역시 영화 전편을 대부분 기억한다.

사촌은 〈지상만가〉를 볼 때마다 반복하여 한탄했다.

"명작이야, 명작. 저주받은 명작."

자기 판단에는 훌륭한 영화임에도 그 가치만큼 인정받지 못한 데에 대한 사촌의 안타까운 촌평이다. 나로 말할 것 같으면 사촌의 의견에 동의하는 편이 아니다.

사촌이 강조하는 종만의 턱시도는 〈지상만가〉 마지막 장면에 등장한다. 내용은 이러하다. 김포공항* 에스컬레이터에 말쑥한 차림의 한 남자가 타고 있다. 한 손에는 수트케이스를, 다른 한 손에는 탑승권을 들고 있다. 척 봐도 성공한 사람의 전형적인 모습을 표현한 것임을 알 수 있다. 카메라가 남자의 뒷모습만 쫓아가기 때문에 관객들은 그의 정체를 알 길이 없다. 그럼에도 하나같이 그가 종만이라면 좋겠다고 생각한다. 그러나 그게 가당치 않은 이유는 종만은 스턴트 연기하다 죽었기 때문이다. 과연 누굴까. 궁금증이 점점 더해갈 무렵 남자가 슬쩍 뒤돌아보며 카메라를 향해 씨익 웃는데, 놀랍게도 역시 종만이었다. 이때쯤 관객은 엇? 그럼 종만이 그때 목숨을 건졌나? 하면서 머릿속으로 지난 장면을 빠르게 되감아본다. 관객이야 그러거나 말거나 종만은 아니 이병헌은 특유의 '이빨'을 드러내 보이며 활짝 웃는다. 그 모습을 끝으로 페이드 아웃된다.

그러니까 영화의 엔딩장면은, 그토록 바랐지만 끝내 이루지 못한 종만의 안타까운 꿈을 환영으로 보여준 것이다. 종만은 비록 환히 웃었지만 관객의 가슴은 메어진다. 이 엔딩장면에서 종만이 입고 있는 의상이 바로 보타이에 턱시도 차림이다. 그 옷은 사촌의 말대로 아카데미 시상식에 이병헌이 실제로 입고 나온 의상과 일치한다. 견직으로 덮인 숄칼라며 나비넥타이며 어느 것 하나 다르지 않았다. 종만이 19년을 뛰어 넘어 환생한 것 같았다.

"종만의 꿈이 현실이 된 거야, 형."

실은 예복이라는 게 죄다 엇비슷한 모양이라서 이병헌이 시상식에서 입은 턱시도가 특별하달 수는 없다. 그러나 나는 기꺼이 맞장구를 쳐주었다. 사촌이 그것에 큰 의미를 부여하고 있다는 걸 알고 있기에 굳이 산통 깰 필요는 없었던 거다.

"더 늦기 전에 나도 가려고."

"어디를?"

"할리우드!"

사촌이 내 눈앞에 불쑥 내민 것은 비행기 탑승권이었다.

*1997년 개봉작이니 인천국제공항은 당시 존재하지 않았다.

문학으로 덕질하다 | 금빛 눈의 여자

마광수

소설가 · 시인 · 교수 1951~2017

작가노트 _ 마광수는 1991년 소설 『즐거운 사라』 발표 후 그전까지와는 다른 반전인생을 살게 된다. 음란문서 유포죄로 전격 구속되고 직장이던 연세대에서도 면직조치당하는 등 온갖 고초를 겪는다. 돌이켜보면 참으로 야만적이고 어이없는 일이 그 시대에 일어났던 거다.
이 소설 「금빛 눈의 여자」는 만약 내가 마광수라면 이승을 떠나기 전 사라를 만나고 싶어 하지 않았을까 하는 소설적인 상상에서 탄생했다. 본인이 창조해낸 캐릭터이지만 또한 그 인물 때문에 역경 속에서 살게 된 악연의 대상이기도 하니까.
한때는 스타작가로 찬란한 시절을 구가하기도 했던 마광수는 그림에도 일가견이 있어서 삽화를 그린다거나 개인전을 여는 등 문학 외 분야에서도 재능을 보였다. 소설 제목 「금빛 눈의 여자」는 마광수 그림 타이틀에서 따왔다.

금빛 눈의 여자

용산에 위치한 대학병원 장례식장이 갑자기 술렁이기 시작한 건 한 조문객의 특이한 외모 때문이었다. 조문객은 금빛 눈을 하고 있다고 전해졌다. 금빛 눈을 단 한 번도 본 적이 없는 사람들은 호기심이 발동했다.

금빛 눈의 여자는 흰 국화 한 송이를 영정 앞에 바친 후 고개 숙였다. 영정사진의 고인은 평화롭게 보였으나 그것이 평생의 그를 대표하는 얼굴이라고는 말할 수 없을 것이다. 금빛 눈의 여자가 다른 조문객에 비해 오랫동안 영정 앞에 서있기는 했지만 어깨를 들먹인다거나 하는 특별한 움직임을 보여주지는 않았다. 따라서 사람들은 적어도 그녀가 울고 있는 것은 아닐 거라 짐작했다. 그러나 어쨌든 뒷모습만으로도 그녀가 엄청난 슬픔에 잠겨있다는 것만큼은 미뤄 짐작할 수 있을 정도였다.

금빛 눈의 여자

삽시간에 퍼진 소문으로 다른 영안실의 조문객들까지 한꺼번에 몰리는 통에 부근이 북적였다. 사람들은 금빛 눈의 여자가 고인의 애인일 거라 생각했다. 그들은 금빛 눈을 가졌다는 여자의 '금빛 눈'을 사진으로 남기고 싶어 연신 휴대전화를 만지작댔다.

조문의 예를 모두 마친 그녀가 뒤돌아서려는 찰나 홍해의 물길이라도 되는 듯 사람들의 행렬이 양쪽으로 갈라졌다. 그들은 일제히 휴대전화를 쳐들었다. 기어코 촬영하겠다는 의지를 담아 미리 카메라 버튼에 검지를 갖다 대는 이도 있었다. 그럼에도 누구 하나 금빛 눈을 촬영하는 데에 성공할 수 없었다. 어느 틈엔가 그녀가 짙은 색의 선글라스로 두 눈을 가리고 있었기 때문이다. 금빛 눈의 여자는 알고 있었다. 호기심 어린 수많은 눈동자들이 자신이 뒤돌아서기만을 기다리고 있다는 것을. 그들은 자신의 특이한 눈을 촬영할 것이고 그 사진과 함께 상상을 곁들인 소설 같은 이야기를 각자의 SNS에 올릴 것임도 눈치 채고 있었다. 요즘엔 그런 식으로 소문이 퍼져나가곤 하니까. 하지만 그러도록 내버려둘 수는 없는 일이었다. 금빛 눈의 여자는 생전의 고인이 겪어내지 않으면 안 되었던 불운한 인생길을 좇아가고 싶은 마음은 추호도 없었다.

그녀가 선글라스를 벗지 않는 한 금빛 눈이 세상에 실제로 존재하고 있다는 것을 증명할 길은 없을 것이다. 금빛 눈의 여자가 스스로 자신의 눈을 드러내지 않는 한은 항용 그러하듯 실체 없는 소문만 무성할 것이었다. 심지어 최초로 그 소문을 퍼뜨린 당사자가 누구인지조차도 알 수 없기 때문에 더욱이나 풍문으로만 남기 십상이었다.

금빛 눈의 여자가 장례식장을 찾은 건 고인의 부탁 때문이었다. 고인은 세상을 하직하기 직전 금빛 눈의 여자에게 이메일을 보냈다. 처음엔 스팸메일인 줄 알고 휴지통으로 보내려고 했지만 왠지 열어봐야 할 것 같았다.

금빛 눈의 여자가 받은 이메일의 내용은 다음과 같다.

사라.

우리가 만나지 못한 지 26년쯤 되었군.

나는 어느덧 60대 후반이 되었네.

사라 또한 40대 후반이려나?

이즈음의 나는 기억력이 영 말이 아니라서 말이지.

그대는 여전히 아름다운가?

우리의 소중했던 인연은 뜻하지 않게 악연으로 흘러갔어.

운명이었던 것 같아. 우리 둘, 이생은 이렇게 살다 가라는.

본의 아니게 사라로 하여금 그늘진 삶을 살게 만들었어.

부디 용서해주시게나.

나는 이제 시간의 강을 건너려고 해.

조문을 와주면 좋겠어. 기다리고 있을게.

2017년 9월
마광수

문학으로 덕질하다 | 은발의 댄서

박진영

가수 · 댄서 · 음악피디 1972~

은 발 의 댄 서

작가노트 _ 우리나라에 싱어송라이터도 많고 댄서도 많지만 박진영 만큼 재능이 차고 넘치는 사람이 또 있을까 싶다. 20대 시절부터 시작하여 30년 가까이 숱하게 많은 노래를 만들어 히트시켰고 댄스 또한 가히 독창적이라 볼 때마다 놀라곤 한다. 오래 전에 박진영은 '행복해지는 것'을 삶의 목표로 삼고 있다고 밝히면서 본인이 설립한 엔터테인먼트 사의 목표 또한 '매

춤이야기가 오가는 회사가 아니라 세상을 즐겁게 하는 멋진 콘텐츠를 만드는 일'이라고 했다. 이때 나는 그의 남다른 기업관과 소신에 감탄했던 기억이 있다. 이후 "댄스가수로서의 은퇴는 없다"고 밝히면서 '은발의 댄서'를 꿈꾼다고 말했다. 이때 박진영의 입을 통해 나온 '은발의 댄서'라는 말이 내 문학적 감성을 건드렸고 이 글을 쓰게 된 계기가 되었다.

은발의 댄서

2032년 1월.

톰포드 스타일의 남청색 코트에 검은 선글라스를 착용한 남성이 서초동 예술의 전당 앞에 서있다. 저 위쪽을 올려다보고 있는 자세이다 보니 고개가 뒤로 한껏 꺾여 있다. 그는 리드리컬하게 몸을 움직이고 있다. 음악을 듣고 있는 것 같다. 세련되게 커트된 은발은 누구라도 시선이 갈만큼 멋스럽다. 언뜻 보기에도 팔이 유난히 길다 싶은 사람이다. 이 남성이 입고 있는 유럽식 군복코트는 그를 남성적이면서도 우아하게 만들고 있다. 시선은 예술의 전당 건물 외벽 현수막에 고정돼있는데, 아주 잠깐 입 꼬리가 살짝 당겨져 올라갔다가 돌아온다.

그의 생은 파격과 도전의 연속이었다. 1994년 스물두 살에 〈날 떠나지 마〉로 데뷔한 이래 예순이 된 오늘에 이르기까지 삶에 대한 경계를 늦추지 않고자 노력했던 삶이다. 느슨해지지 않기 위해 분 단위로 쪼개 살았다. 숨 막히지 않느냐, 어찌 그리 사느냐는 질문도 많이 받았지만 그의 경우 그러지 않을 때가 외려 더 견디기 힘들었다.

한손에 페도라를 들고 있었는데, 그 모습을 보자니 당장이라도 '오 허니, 그대를 처음 본 순간, 난 움직일 수가 없었지'로 시작되는 노래 〈허니〉를 부를 것 같다. 소울펑크 스타일의 〈허니〉는 90년대 말 남녀노소 모두가 좋아하던 대중가요였다. 하기야 그가 히트시킨 노래가 한둘이던가.

그의 퍼포먼스는 늘 새롭고 과감했다. 그만의 독보적인 패션과 춤으로 대중을 홀렸다. 게다가 예술적인 재능 외에 사업가로서의 자질도 겸비했는지 자신의 엔터테인먼트 회사도 성공적으로 이끌었다.

재능 있는 젊은이들을 스타로 만들어 국내 최고 반열에 올려놓는 동안 절로 재력이 쌓였지만 그는 마흔도 되기 전에 자선이 행복에 가장 가깝다는 사실을 깨달은 사람이다. 따라서 쉰 이후에는 적극적으로 이를 실천하기 위해 노력했다. 그의 말에 의하면 자신의 기부활동은 존경받고 싶어서도, 칭찬을 듣고 싶어서도 아니고 다만 그 자신이 행복해지고 싶기 때문이라고 했다. 그래서 물론 이 남자는 지금 행복하다.

사실 그는 천성적으로 욕심이 많지 않은 편이다. 노래를 할 때도 춤을 출 때도 누군가를 이기겠다는 목적으로 해본 적은 없다. 단지 자신의 신념에 순응하며 좋아하는 일을 했던 것인데, 다행히 인기에다 재력까지 얻게 되었다. 그가 가만히 입술을 움직여 말한다.

"일생 하고 싶은 일을 하며 살다니, 난 참 운이 좋았다."

그가 고개 아프게 올려다보고 있는 현수막에는 '박진영 콘서트, 오페라하우스'라는 글귀와 함께 그의 전신이 인쇄되어 있다. 물론 춤추는 사진이다. 오페라하우스라니! 그는 이 사실이 꿈만 같다. 한없이 기쁘지만 제 몸보다 더 큰 전신사진을 근거리에서 마주하고 있으려니 다소 쑥스럽다. 데뷔 때나 지금이나 그는 부끄러움이 많은 편이다. 다만 대중들 앞에서 티를 내지 않을 뿐이다. 춤추기를 열망한 나머지 댄서가 되었고, 춤을 춤으로써 성격도 다분히 외향적으로 변화했지만 그의 마음 한 자리에는 아직도 수줍은 소년이 집을 지어 살고 있다.

조금 전 그의 입 꼬리가 잠깐 올라갔다 내려온 이유는 자신의 외모를 빗댄 우스꽝스런 별명이 문득 떠올랐기 때문이다. 그의 별명은 '섹시한 고릴라'다. 팔이 길어서 붙여진 것 같은데, 확대된 사진을 보자니 긴팔이 더욱더 길어 보인다. 지어준 이가 누구였더라, 하고 궁리하고 있을 즈음 청소년들이 치고받고 장난치면서 걸어온다. 꽤나 왁자지껄하다. 그는 자신의 청소년시절을 회상하며 그들을 본다. 절로 입가에 아빠미소가 피어오른다.

여섯 아이들은 그의 앞에 다다르자 약속이나 한 듯이 일제히 멈춰 선다. 낮은 감탄사가 한 아이의 입술을 통해 새어나왔다.

"와!"

그들은 서로 마주보는가 싶더니 일제히 함성을 질렀다.

"박진영이다!"

그는 자신을 박진영, 이라고 불러주는 게 참 좋았다. 그만큼 친근하다는 의미일 테니까. 만일 대하기 어려운 어른이라 여기면 차마 이름 석 자를 그렇게 대놓고 부르지 못한다.

아이들은 누가 먼저랄 것도 없이 공책과 펜을 꺼내 그에게 내민다. 바람 탓에 공책이 펄렁거리자 한 아이가 양손으로 잡아준다. 서명을 하는 그의 얼굴에 감회가 어린다. 예순인 지금도 십대들에게 사랑받다니.

돌이켜보니 자신은 20대에도 30대나 40대에도 변함없이 청소년층이 좋아해줬다. 50대에 이르러서도 일관되게 댄스곡을 발표하자 '영원한 청년댄서'라는 새로운 애칭을 얻기도 했다. 팬들은 그의 신곡이 나올 때마다 즐거워했고, 그가 공들여 길러낸 스타를 사랑해줬다. 그리고 이 청소년들, 가던 길도 멈추고 38년차 노가수인 그에게로 달려왔다. 그 사실에 스스로 감동한 나머지 자신도 모르게 눈시울이 더워진다.

마지막 여섯 번째 아이 차례가 되었을 때, 아이가 눈을 빛내며 말한다.

"우리 할머니는요 일흔 한 살인데요, 아저씨 처음 나왔을 때부터 계속 계속 좋아했대요. 그러니까 저한텐 사인을 두 장 해주셔야 해요. 할머니께서 좋아하실 거예요."

펜을 잡은 그의 손이 미세하게 떨리고 눈가에 이슬이 맺힌다. 짙은 선글라스 덕에 들통 나지 않는 것이 얼마나 다행스러운지.

"할머니께서 어떤 노래를 좋아하시지?"

"아저씨 노래는 무조건 다요. 아, 요즈음에는 저번 주 음원차트 일등 한 노래를 흥얼거리시던데요."

"〈은발의 댄서〉 말이니?"

"네. 맞아요. 우리 반 아이들도 그 노래 엄청 좋아해요. 아저씬 우리들 모두의 우상이에요."

그는 그 아이의 집주소와 가족 수를 묻는다. 아이 가족에게 이번 콘서트 티켓을 보내줄 요량이다. 최고 좋은 좌석을 골라 초대권을 보낼 것이다. 수십 년을 좋아해주고 있는 팬, 그 아이 할머니에게 이 정도의 서비스는 턱없이 약소하다. 새삼 그는 가수로, 댄서로 살아온 한평생이 헛되지 않았다는 사실에 가슴 뻐근하도록 기쁘다. 기다렸다는 듯 새로운 멜로디가 머릿속에서 퐁퐁 샘솟기 시작한다. 밤을 꼬박 새워서라도 기어코 오늘내로 완성하고 말리라고 결심한다. 어쩐지 성공이 점쳐지기도 한다. 그렇다면 101번째 히트곡이 될 것인가. 물론 이 숫자는 다른 가수들에게 준 노래까지 합친 것이다.

아이들과 헤어질 즈음 휘익 세찬 바람이 예술의 전당 앞 삼거리를 휩쓸고 지나간다. 그 통에 느슨하게 쥐고 있던 페도라를 놓친다. 그가 페도라를 잡기 위해 발걸음을 옮긴다. 182센티 정도 되는 큰 키인 만큼 상당히 큰 보폭으로 성큼성큼 페도라를 쫓아가고, 건물 외벽에 걸린 현수막도 바람의 힘을 이기지 못해 펄럭인다. 그 통에 현수막의 가수가 몸을 비트는 것처럼 보인다.

몇 발자국 앞서가던 아까의 청소년들 중 하나가 현수막을 손가락으로 가리키더니 외친다.

"와, 은발의 댄서가 춤춘다!"

그의 생은

파격과 도전의 연속이었다.

1994년 스물두 살에

〈날 떠나지 마〉로 데뷔한 이래

예순이 된

오늘에 이르기까지

삶에 대한

경계를 늦추지 않고자

노력했던 삶이다

문학으로 덕질하다 | 칼들의 노래

판화가 1946~1986

작가노트 _ 1986년 5월 3일, 그날 나는 오윤 판화전 오프닝행사장에 있었다. 초대전이 열린다는 신문 단신을 보고 일부러 시간을 내서 갔다. 필화로 마음고생하다 세상을 떠난 소설가 오영수의 자제라 더욱 관심이 있었는지도 모르겠다. 오윤은 미술동인 '현실과 발언'을 기획하는 등 소위 운동권에

속하는 작가였다. 김지하의 시 「오적」에 삽화를 그렸다는 죄목으로 쫓기는 처지가 되었을 때는 아버지 오영수와 누나 오숙희(화가)가 중정으로 끌려가 고초를 겪기도 했다. 그런저런 소식을 나는 알음알음으로 듣고 있던 터였다. 오윤 판화전 오프닝 당일, 그리 넓지 않은 공간에 전시되어 있는 판화작품들을 보면서 가슴 뛰던 기억이 새삼 어제 일처럼 눈앞에 생생하다. 하지만 나 역시 이 스마트소설에 등장하는 D처럼 오윤의 건강상태는 까맣게 몰랐다. 간간이 그의 회고전이 열리면 지금도 빼놓지 않고 전시장을 찾곤 하는데, 오윤의 작품을 보노라면 늘 특별한 감정이 마음 깊은 곳에서 일렁인다.

칼들의 노래

누구에게나 평생 잊지 못할 특별한 하루가 있기 마련이다. 1986년 5월 3일이 D에게는 바로 그런 날이었다.

당시 국문과 일학년생이던 D는 종로구 인사동을 걷고 있었다. 집이 가회동이라 가깝기도 하려니와 고서점과 미술품 구경하는 것에 취미 붙여 그 동네를 자주 찾던 시기였다. 지금도 마찬가지이지만 영세한 화랑은 대로변에 자리하지 못하고 골목 안쪽에 위치하고 있는데, 이런 장소를 보물찾기하듯 찾아내는 재미도 D를 인사동으로 이끄는 요소 중 하나였다.

예나지금이나 인사동의 이정표 역할을 톡톡히 하고 있는 수도약국 근처를 느린 걸음으로 지나고 있었다. 보신각 인근에서 산 커다랗고 탐스런 찐빵을 뜯어먹으면서 걷고 있었다. 아마도 엄마를 졸라서 겨우 얻어낸 꽃무늬 시폰 원피스를 입고 있었을 것이다. 왜 그랬는지 모르겠지만 수도약국을 지나쳐 직진하려다가 갑자기 방향을 틀어 골목으로 들어가게 되었다. 거기서 D는 어떤 포스터 하나와 만나게 되었다. 아니 걸개그림이던가?

— 오윤 판화전:칼 노래

포스터인지 걸개그림인지 명확히 기억나지 않는 그것에는 전시를 알리는 글귀와 운동권을 연상시키는 '센' 판화도 곁들여 인쇄되어 있었다. 투박하지만 강렬한 흑백 목판화였다. 보는 순간 전율이라 해도 될 만한 어떤 예리한 자극이 D의 가슴을 관통해 지나갔다.

포스터(걸개그림)가 붙어있던 곳이 바로 전시 현장, 그림마당 민으로 들어가는 입구였다. 개관한 지 얼마 되지 않은 화랑처럼 보였다. 그림마당 민은 다소 어두컴컴한 계단을 딛고 내려가야 만날 수 있는 지하전시장이었다. 마침 전시 오프닝 날이었던 모양으로 조촐한 다과 테이블이 차려져있었고 열 댓 명 남짓한 사람들이 삼삼오오 모여 있었다. 이유를 알길 없는 우울함이 감지되었다. 나중에 보니 다 그럴만한 이유가 있었지만 당시에는 내막을 알 수 없었다.

전시장에 있던 사람들은 한눈에 보기에도 서로를 잘 알고 있는 것 같은 분위기였다. D만 혼자 이방인인 것 같아 어색하고 쑥스러웠다. 그렇다고 곧바로 나가기도 머쓱했다. 쭈뼛거리면서 작품을 보고 있자니 어떤 이가 음료가 든 종이컵을 건넸다. 선량해 보이는 큰 눈에 헝클어진 곱슬머리를 가진 호리호리한 체격의 남자였다. 형형하게 빛나는 눈이 한번 보면 잊지 못할 것 같은 인상이었다. 그가 이날의 주인공인 오윤 작가라는 정도는 금세 알 수 있는 사실이었다. 작가사진과 경력 등이 들어있는 벽보가 붙어 있었으니까. 어디서 어떤 상황에서 만나게 되건 그 얼굴의 주인이 예술가일 거라 짐작하기 어렵지 않은, 예인의 비범함이 온몸에 각인되어 있는 것 같은 사람이었다.

크지 않은 전시장에는 40여 점 정도의 작품이 걸려 있었는데, D의 심박 수가 점차 증가하기 시작한 것은 두 가지 이유에서였다. 우선 전시작품 모두에 단단히 취향 저격을 당했고 다른 하나는 인근에 위치하고 있는 종로경찰서라는 존재 때문이었다. 전시되어 있는 그림들은 정보과나 대공과, 안기부, 보안사 이런 기관에서 당장이라도 쳐들어올 것 같은, 그들이 위험한 작품들이라 낙인찍어 압수하기 딱 맞는 민중미술이었다. 1980년대 당시에는 정부를 비판하는 말만 해도 잡혀가던 암울한 시기였다. 하물며 드러내놓고 종로 한복판에서 현 정권을 비판하고 민중의 봉기를 부추기는 것 같은 작품을 전시하고 있었으니.

오윤의 목판화는 터치는 거칠었지만 선묘는 간결하고 힘에 넘쳤다. 전통미술의 형식을 빌린 것 같긴 했으나 딱히 매우 그렇다고 또 단언할 수는 없었다. 그의 목판화는 하나같이 민중의 삶과 애환을 그리고 있었다. 아무런 사전 정보 없이 우연히 이끌려 들어온 전시장에서 이렇듯 보물 같은 작품을 만날 수 있다니, 이 순간을 오랜 기간 잊지 못할 것임을 D는 예견했다.

"야 좋다! 눈물이 날 것 같아."

D가 낮게 중얼댔다.

특히나 작품 〈춤〉 앞에 오래도록 서있었다. 연필로 판화 하단에 '춤, '86, 오윤'이라는 글귀가 가로 방향으로 쓰여 있는 작품이었다. 서명은 한자로 되어 있었다. 吳潤, 이라고.

판화 속의 춤사위는 단순한 선으로 처리되어 있었지만 힘이 느껴졌다. 흰 치마저고리에 흰 고무신을 신은 아낙의 굵게 파인 주름, 헝클어져 아래로 드리운 검은 머리칼, 나부끼는 옷고름과 야윈 손목이 시선을 붙잡고 놓아주지 않았다. 금방이라도 덩-기덕쿵더러러러쿵-기덕쿵더러러러, 굿거리장단에 맞춰 신명나는 한 판이 펼쳐질 것 같았다. 민중의 한을 표현하고 있으면서도 유머를 잃지 않고 있었으며 소박하게 느껴지는 춤사위는 서글프면서도 해학적이었다.

전시장 한쪽에 놓여있는 테이블에서는 에디션 넘버, 서명 날인, 날짜 등이 들어있는 판화들이 판매되고 있었다. 오윤의 작품들로 인쇄 제작된 그해 달력도 함께 팔고 있었다. D의 시선은 〈춤〉 에디션에 오래 머물렀다. 그러나 구매할 여력이 있을 턱이 없는 그녀는 달력을 구입함으로써 아쉬움을 달래기로 했다. D는 판화 〈춤〉을 한 번 더 보고 나가자는 마음으로 재차 그 작품 앞에 섰다.

"판화를 좋아하시나요?"

어느 틈엔가 오윤이 옆에 서있었다.

"저는 미술을 잘 몰라요. 하지만 이 작품은 정말 마음에 들어요."

"아까도 이 앞에 오래 서계신 걸 봤습니다."

"소장할 능력이 안 되니 달력으로나마 만족하려고요."

D가 손에 들고 있던 달력을 치켜들었다.

"왠지 동학농민운동이 연상되면서 벅차올라요."

"그렇습니까?"

"요즘 신동엽의 책을 읽는 중이라 그런가 봐요."

오윤의 입술에 희미한 미소가 지나갔다. 그는 목례를 한 후 이내 자리를 떴고 D도 잠시 후 전시장을 나왔다.

D가 지상으로 향하는 계단에 막 한발을 올리려고 할 때 어떤 목소리가 그녀의 발걸음을 붙들었다.

"저 여보세요, 학생?"

뒤돌아보니 전시장에서 판화를 판매하던 여성이었다. 그녀가 원통형의 화구통을 D에게 내밀었다.

"오윤 작가님이 학생에게 드리는 선물입니다."

얼결에 받긴 했어도 도무지 이해할 수 없는 상황이었다.

D가 우물쭈물하는 사이 여성은 총총히 안으로 사라졌다. 잘못 전달된 것임에 분명했다. 번지수를 잘못 찾았을 것이다. 황급히 발길을 돌려 그 여성을 찾았다. 그녀는 화구통의 임자는 D가 틀림없다고 확인해줬다. 오윤을 만나야 했으나 그는 전시장 어디에도 없었다.

화구통에 들어있는 작품은 〈춤〉이었다.

우연히 보게 된 전시였고 오윤이라는 이름 또한 D로선 처음으로 접한 이름이었다. 특별한 사전 지식 없이 발길 닿는 대로 전시장을 찾았고 또한 미술전공자도 아니다 보니 미처 몰랐지만 알고 보니 오윤은 이미 국내 화단에서 그 실력을 인정받은 유명작가였다. 뿐만 아니라 서슬 퍼런 군부독재의 공포정치가 자행되던 당시에 리얼리즘 미술운동으로 시대에 맞섰던 소신 뚜렷한 인물로 평가되고 있었다. 그런 화가를 지근거리에서 만났고 대화를 나눴으며 심지어는 작품까지 선물 받았다. D는 꿈속을 헤매는 기분이었다. 며칠에 걸쳐서 내내 그랬다.

D는 오윤이 무슨 이유로 낯선 이에게 자기 그림을 내주었는지 궁금했을 뿐더러 인사를 해야 도리이지

싶어 귀가하자마자 즉각 화랑 측에 연락했다. 그러나 오윤의 연락처는 알아내지 못했다. 요주의 인물로 찍힌 터라 함부로 가르쳐주지 않는 것 같았다. 화랑을 다시 가보는 수밖에는 다른 도리가 없었으나 우물쭈물하는 사이 그만 전시가 끝나고 말았다.

D는 오윤의 판화를 액자에 넣어서 벽에 걸어놓았다.

D가 오윤이라는 이름과 다시 만나게 된 건 그로부터 두 달 정도 후 신문지상을 통해서였다.

— 목판화가 오윤 사망

D는 깜짝 놀랐다. 혹시 잘못 본 것이나 아닐까 하는 생각에 읽고 또 읽을 정도로 충격에 휩싸였다.

기사에 의하면 오윤은 전시회 당시 이미 병이 위중한 상태였고 그 사실을 알게 된 동료들이 서둘러서 개인전을 열어준 것이었다. 처음이자 마지막 개인전이었다고 한다. 그와 같은 마음 아픈 사연이 있다 보니 그날 전시회장 분위기가 침울했던 모양이다.

계속하여 기사를 읽어 내려가던 D는 오윤 작가가 어째서 작품을 자신에게 선물했는지 어렴풋이나마 까닭을 짐작할 수 있었다. 기사에 의하면 오윤은 '동학정신에서 출발하여 남사당, 민화와 같이 열린 공동체성을 추구'하는 일에 생을 바친 인물이었다. 그러니까 오윤은 살아생전 마지막이 될 확률이 높은 그 전시회를 찾은 어린 학생이 '동학' 운운하는 게 기특해서 작품을 선물하고 싶었던 모양이다. 오윤은 〈춤〉이라는 동명의 제목으로 몇 작품을 더 제작한 걸로 알려져 있다.

오윤 사망으로부터 한 여섯 달 정도 지났을 때였다. D에게 다시금 그의 얼굴을 떠올릴 일이 발생했다. 담당교수가 신동엽에 대한 과제물을 내줬는데, 자료조사를 하던 과정에서 신동엽도 오윤처럼 간질환으로 유명을 달리했다는 사실을 알게 된 것이다. 사망당시 나이도 오윤이 마흔, 신동엽이 서른아홉으로 엇비슷했다. D는 전시회 때 느꼈던 찌르르한 전율을 다시금 체험했다. 오윤과 신동엽, 한 예술가는 목판에다 칼끝으로, 또 다른 예술가는 원고지에 펜으로 민중을 노래했다! 숙연한 마음이 일었다.

D는 〈춤〉 액자를 벽에서 떼어내 소맷부리로 조심스레 닦았다. 오윤의 작품들과 처음 조우했던 날을 다시금 떠올리자니 기다렸다는 듯 굿거리장단이 들려왔다. 덩-기덕쿵더러러러쿵-기덕쿵더러러러.

문학으로 덕질하다 | 후회하지 않아

나혜석

화가 · 시인 · 소설가 1896~1948

작가노트 _ 나혜석은 시대를 앞서간 탓에 불행한 삶을 살게 된 여성으로 우리에게 알려져 있다. 그러나 나혜석이 자신의 일생을 어찌 여겼는가에 대해 우리가 섣불리 예단하면 안 된다. 가족에게 돌봄을 받지 못하고 행려병자 신세가 되어 세상을 떠난 사실로 본다면 말년이 안 좋았던 건 확실하나 그 이전까지의 나혜석은 조선여성들이 꿈은 꿨을망정 절대로 누릴 수 없던 특별한 삶을 산 선택받은 여성이었다. 자유연애를 통해 명망가와 결혼했고 예술가였으며 전문 직업여성이었고 한국여성으로는 최초로 구미 여행도 하고 돌아왔으니까.
최린과의 떠들썩한 스캔들이 없었더라면 그녀의 삶이 어떻게 흘러갔을까, 또한 최린과 간통을 했다 해도 당사자 중 하나인 최린이 책임감 있게 행동했더라면 그녀의 생은 어떻게 달라졌을까, 내가 이와 같은 생각을 자꾸 해보게 되는 이유는 나혜석이 이혼 후 최린을 상대로 제기했던 소송 내용 때문이다. 나혜석은 1934년 9월 19일 최린을 상대로 처권을 침해한 과실을 물어 1만2천원의 위자료 청구소송을 내는데, 중요내용을 보면 최린이 나혜석을 강제로 성폭행했으며 뿐만 아니라 이혼 소동이 터졌을 때 나혜석과 함께 간통죄에 몰릴 위기에 처하자 이혼하고 나오면 책임을 지겠다고 했으나 정작 이혼을 했을 때엔 아무런 책임도 지지 않았다(생활비를 주는 등)고 적시하고 있다(이상경의 『인간으로 살고 싶다』 참조). 나혜석으로선 상당히 억울한 측면이 있는 것이다.

후회하지 않아

후회하지 않아

1948년 12월 10일. 나는 이날 어디 가는 길이었을까요. 딸 나열이를 보러 개성에 가려던 길이었을까요, 돈암동에 사는 아이들에게 가는 중이었을까요. 목적지가 어디였던 간에 확실한 사실은 내가 길 위에 쓰러졌다는 것이외다.

오후 8시 30분이 내 사망시간이라고 합디다. 그들은 나더러 행려병자이며 신원미상자라고 수군댔어요. 나는 내 신상을 바르게 알려주고 싶어서 소리쳤어요.

"이보세요. 내 이름은 나혜석입니다. 서양화가이자 문필가, 가부장제 타파와 양성평등을 위해 투쟁하던 바로 그 나혜석이란 말이외다."

원효로 서울시립자제원 무연고자 병동에서 벌어진 일이어요. 서있는 내가 누워있는 나를 굽어보고 있었고요. 그런데요, 내 목소리가 내 귀에도 들리지 않아 답답했어요.

21세기로 진입한 지도 제법 되었다지요? 얼추 계산해도 내가 세상 뜬 지 칠십년 정도 지났네요. 상당히 긴 기간이외다. 나는 궁금해요. 칠십년 세월이 흐르는 동안 여성 인권이 많이 좋아졌나요?

여학교 시절, 그림에 소질 있다는 얘기를 많이 들었어요.

두뇌가 명민하다는 칭찬도 예사로 들으면서 자랐어요. 시대가 시대인지라 아버지는 당신의 딸이 시집가서 평범하게 살기를 바랐지만 오빠 생각은 달랐어요. 내 재능이 아까웠던지 아버지를 설득하여 동경유학길에 오르게 했어요. 돌이켜보니 내 운명은 그때 결정된 것 같아요.

동경에 가보니 진보적 성향의 여성들이 남성중심 사회에 맞서 필사적으로 투쟁하고 있습디다. 서구사회를 휩쓸던 여성인권운동의 물결이 일본에도 상륙한 것이외다. 나는 깜짝 놀랐어요. 조선여성으로서는 꿈도 꾸지 못할 일이었으니까요. 그러니까 나는 근대적 여권신장운동의 심장부에 뭣도 모르고 발을 담그게 된 것이외다.

미술공부를 위해 동경에 간 것이지만 정작 나를 감동시킨 것은 여성운동이었어요. 여성해방이라니요! 세상에 남녀가 평등하다니요! 자유연애라니요! 너무도 벅찬 나머지 끓어오르는 내 안의 감정을 표출하지 않으면 내가 타버릴 것 같았어요. 나는 당시의 격한 심정을 글로 풀어내게 되었어요. 그림이 아닌 것이 좀 의아하긴 하지만 어쨌든 유학생 잡지 『학지광』에 글을 발표했는데 제목이 「이상적 부인」이었어요. 내가 매체에 발표한 최초의 글이외다.

여자가 똑똑하고 공부를 많이 하면 불행해진다고요? 이 말은 내가 태어나 자란 시대에 들었던 말이외다. 그런데 요즘에도 종종 이런 얘기를 한다면서요? 세상에나. 칠십년이나 지났는데 말이어요. 아직도 여성들이 사회 곳곳에서 차별당하고, 유리천장이니 뭐니 하는 말들이 공공연히 떠돌아다니고, 남자친구나 남편에게 살해당하는 일도 종종 일어난다면서요? 혹시 가능하다면 내, 지금이라도 지하에서 벌떡 일어나 여성인권 운동에 힘을 보태고 싶어요.

듣자니 근자들어 나, 나혜석이 새롭게 평가되고 있다고요? 한국 최초의 페미니스트라고 하는 것 같던데 맞나요? 그러고 보니 최초라는 단어가 내게는 유독 많이 붙어 있습디다. 조선여성 최초의 서양화가, 조선여성 최초로 세계유람, 서울에서 최초로 개인 유화전을 연 여성, 이런 식으로요. 모두 '여성'이란 단어가 혹처럼 붙어있군요. 기분이 썩 좋지만은 않네요.

그래요. 나는 화려한 연애담의 주인공으로 내내 세인들 입에 오르내렸어요. 살아있을 때도 이런저런 풍문에 시달렸는데 생을 마치고 나서도 매 한가지더라고요. 교육기관에서도 반세기 가까이나 나혜석을 일제강점기에 최상류층 생활을 하면서 스캔들이나 뿌린 여류화가로 가르쳤다지요? 내가 행했던 긍정적인 일들은 거의 언급되지 않았다지요? 맙소사. 나는 긴 세월 사회적 편견과 비난에 시달렸네요. 그랬던 내가 근자들어 여성운동의 선각자로 칭송받고 있나 봐요. 격세지감을 느껴요.

열여덟에 일본에 간 나는 그 이듬해 저항시인 최승구를 만납니다. 게이오 대학에 다니던 유학생이었어요. 그가 아내 있는 남자란 걸 알았지만 개의치 않았어요. 당시의 혼인은 불합리했잖아요. 본인의 의사가 배제된 혼인이란 게 어디 말이나 되는 건가요? 그런 결혼 결코 인정할 수 없었어요. 나는 자유연애 자유결혼주의자였으니까요. 나와 최승구는 열렬히 사랑했으나 그는 스물여섯에 요절하고 말아요. 그를 생각하자니 다시금 애잔한 마음이 들어요.

미술과 글은 나를 지탱해준 삶의 원천이었어요. 선전에도 적극적으로 참가하여 해외체류로 인해 참가하지 못한 9회와 10회를 제외하면 1회부터 12회까지 모두 출품했고 12회를 제외하면 단 한 번도 낙선한 적이 없어요. 시, 소설, 희곡, 수필, 시론, 미술평론에다 판화와 삽화, 만평에 이르기까지 내가 손대지 않은 분야가 없을 정도이외다. 나는 할 수 있는 한 최선을 다해 내 인생을 채워 나갔어요.

돌이켜보자니 문득 빛을 보지 못한 내 장편소설 『김명애(金明愛)』가 생각납니다. 자전적 소설이라서 내가 만난 남자들 얘기도 많이 들어가 있는 작품이외다. 책을 내기 전에 춘원에게 보내봤어요. 천하의 춘원이니 검토해보고 조언해주기를 기대했던 것이외다. 그런데 그가 훼방을 놓는 바람에 출판이 무산되고 말았어요. 내 소설의 한 부분을 차지하고 있는 자기 이야기가 세상에 알려지는 게 싫었던 거외다.

뭐 하는 수 없이 밝혀야겠네요. 첫사랑 최승구 사후 나는 춘원과 가깝게 지냈어요. 그러나 이 사실을 알게 된 오빠가 화들짝 놀라 그를 내게서 떼어놓았답니다. 이광수가 재능은 있었지만 가난하고 문벌이 없었기 때문이어요. 오빠는 상처해서 홀로된 김우영을 소개해주었어요. 나는 잠시 김우영과 이광수 사이에서 갈등했지만 결국 김우영의 끈질긴 구애로 혼인하게 되어요. 내 결혼에는 이런 내막이 있어요.*

춘원에게 원고를 보내지 말았어야 했어요. 내 불찰이외다. 심혈을 기울여 쓴 내 소설 하나가 그렇게 세상에서 사라졌어요. 나중에 들은 바에 의하면 춘원이 오빠에게도 내 원고를 보여준 모양입디다. 그러나 여동생이 또다시 파문을 일으키는 게 싫었던지 오빠도 출판을 반대했다고 해요. 소설 원고는 오빠가 가져갔다고 해요. 나는 이해할 수 없어요. 출판을 하지 않을 거면 저자에게 돌려줘야 마땅한 거 아닌가요? 두 남자 임의대로 처리하다니요. 남자들의 세계란 다 이런가요? 여권운동가로서 할 말 하고 살던 내게도 이와 같은 불이익이 돌아올진대 힘없고 배움 적은 여성들의 삶은 오죽할까 싶었어요. 나는 여성운동에 더욱 매진해야겠다고 마음먹었습니다. 여성에게도 자아가 있으니 노예처럼 살지 말라고 조선 여성들을 깨우치리라 다짐했어요. 내가 욕을 먹는 한이 있어도 여성해방에 앞장서야겠다고 굳게 결심했어요.

나는 성해방론자이외다. 나는 내 모든 연애들에 대해 떳떳합니다. 부끄럽지 않아요.

나는 스물네 살에 외교관이던 김우영과 혼인하고 그로부터 7년 후 그를 따라 파리에 가게 되어요. 그곳에 가지 않았더라면 최린을 만날 일도 없었을 거외다. 나와 최린은 매력 넘치는 멋진 도시에서 서로에게 사로잡혔어요. 파리라는 공간적 특성이 우리를 그리 되도록 이끌었을 수도 있어요.

그래요. 나는 남편과 자식이 있음에도 최린과 외도를 했어요. 조선사회의 금기를 깨뜨렸던 것이외다. 그러나 이혼은 원하지 않았어요. 남편이 이혼장을 들이밀어서 도장을 찍었지만, 일단 별거 형식을 취하면서 노력한 후 다시 결합하려고 했어요. 하지만 끝내 이혼 당했고 자식도 빼앗겼어요. 내 아이들은 나를 부끄럽게 여겨서 엄마 이름도 밝히지 못한 채 성장했어요. 내 남편이오? 그는 네 번째 아내까지 얻었다고 합디다. 남성이 하면 용납되는 일이 왜 여성이면 안 되는데요? 남녀가 함께 한 사랑임에도 어째서 여성이 더 큰 대가를 치뤄야 하나요? 이러한 현상은 그때나 지금이나 매 한가지인 것 같더군요. 그러니 내가 어찌 성평등을, 성해방을 부르짖지 않을 수 있었겠어요. 불합리한 일이외다.

김우영과 이혼 후 「이혼고백장」이란 걸 발표하게 되는데요, 이것은 여성에게 일방적으로 강요되는 정조관념을 비판한 글이외다. 몇 줄 인용해볼 테니 한번 읽어보세요.

— 조선남성 심사는 이상하외다. 자기는 정조관념이 없으면서 처에게나 일반 여성에게 정조를 요구하고 또 남의 정조를 빼앗으려고 합니다. 서양이나 도쿄 사람쯤만 하더라도 내가 정조관념이 없으면 남의 정조관념이 없는 것을 이해하고 존경합니다.

내 「이혼고백장」은 사회적 물의를 불러일으켰어요. 충분히 예상했던 일이외다. 인생 자체가 논란의 연속이니 나는 그쯤엔 외눈 하나 깜짝하지 않았어요. 이혼소송 때 재산분할 청구권도 주장했지만 유례가 없다보니 재판에서 지고 말았어요. 그런 류의 재판을 어떻게 진행해야하는지조차 당시 법조인들은 잘 알지 못했을 거외다.

의지가지없던 나는 마흔아홉 살이던 1944년 서울 인왕산에 있는 청운양로원에 몸을 의탁하게 되었어요. 입원하면서 의도적으로 가명을 썼어요. 이름이 심영덕이었다가 나고근이었다가 그랬어요. 나혜석이란 이름은 곧 나의 자존심이었으니까요.

1948년 12월 10일. 나는 이날 어디로 가는 길이었을까요. 아무리 생각해도 알 수가 없어요. 그들은 사망진단서에 신원미상, 무연고자, 영양실조, 실어증, 중풍이라고 씁니다. 연령은 65~66세로 추정된다 하고요. 맙소사. 당시 내 나이 쉰셋이었답니다.

신원미상으로 사망한 행려병자가 서양화가 나혜석이라는 사실이 알려지게 된 건 이듬해 봄이었어요. 1949년 3월 14일자 관보 제56호에 기재되면서였지요.

참고로 덧붙이자면, 그 시기는 내게 어떤 식으로든 영향을 미쳤던 남자들 즉 김우영과 최린, 이광수 등이 반민특위 법정에 서던 때이기도 했어요. 나와 동료로 지냈던 신여성들 중 많은 이들도 친일행위로 크게 비난받았어요. 그러나 나는 민족을 배신하지 않았어요.

지금 생각하면 나는 참 용감한 사람이었습니다. 그 때문에 내 비록 파란만장한 삶을 살다 갔지만 후회하지 않아요.

*이상경, 『인간으로 살고싶다』, 한길사, 2001 참조

문학으로 덕질하다 | 술집 광

이상

소설가 · 시인 1910~1937

작가노트 _ "레몬 향기가 맡고 싶소." 혹은 "참 레몬을 사다주면 좋으련만." 등은 이상이 눈을 감기 전 유언처럼 남긴 말로 널리 알려져 있다. 그러나 이상의 아내였던 변동림(후일 김향안으로 개명)에 의하면 그것도 아닌 것 같다.

술 집 광

변동림은 에세이 「월하의 마음」에서 '나는 철없이 천필옥에 멜론을 사러 나갔다. 안 나갔으면 상은 몇 마디 더 낱말을 중얼거렸을지도 모르는데. 멜론을 들고 와 깎아서 대접했지만 상은 받아넘기지 못했다. 향취가 좋다고 미소 짓는 듯 표정이 한 번 더 움직였을 뿐 눈은 감겨진 채로. 나는 다시 손을 잡고 가끔 눈을 크게 뜨는 것을 지켜보고 오랫동안 앉아 있었다.' 고 쓰고 있다. 이 글로 미뤄 짐작컨대 이상이 마지막으로 먹고 싶어 했던 것은 레몬이 아니라 멜론이었던 모양이다. 그럼에도 멜론 보다는 레몬을 볼 때 작가 이상이 떠오르니 우리 인간의 잠재된 기억이란 참 야릇하다. 나는 이 소설에서 이상의 레몬을 위스키와 함께 버무려 보았다.

술집 광

"뱃속의 허기는 영혼을 맑게 하오."

어느 새 졸고 있었나 보다. 흐릿한 의식을 뚫고 들려오는 목소리에 신 셰프의 의식이 현실로 돌아온다.

시침과 분침이 모두 숫자 12에 다다를 때까진 분명 깨어 있었다. 몽롱한 의식을 비집고 들어온 목소리에 화들짝 놀라 눈을 떠보니 봉두난발에 구레나룻을 기른 남자 하나가 바테이블에 앉아있다. 오래 전부터 그러고 있었던 것처럼 남자의 자태는 술집 분위기와 퍽이나 잘 어울렸다.

깜빡 졸았다손 치더라도 채 일 분을 넘기지 않았을 것이다. 그 사이에 들어온 것일까? 그러나 술집 광의 젊은 주인 신 셰프는 그 사실이 수상쩍어 고개를 갸웃한다. 눈앞에 펼쳐져있는 그림이 믿어지지 않는 이유는 출입문 소리를 그가 듣지 못했을 리 없기 때문이다. 나무로 제작된 미닫이문의 성능이 별로 좋은 편이 아니라서 문을 여닫을 때마다 소음이 나곤 했다. 기름칠을 하거나 초로 문질러봐야겠다고 생각한 지 오래지만 차일피일 미루고 있던 참이다.

흔히 '이자카야'라 불리는 일본식 술집 광은 저녁 어스름에 문을 열어 새벽 무렵까지 영업한다. 신 셰프가 정한 방침이다. ㄴ은자 모양의 바테이블은 8인용으로, 손님들과 주인이 마주보게 되어있는 구조다. 손님은 주방 쪽을 향해 앉도록 되어 있고 주인은 주방역할을 하는 바테이블 안쪽에 서서 요리하고 접대도 한다.

술집 광은 제아무리 지위 높은 자가 온다 해도 다른 이들과 어깨를 나란히 하고 앉을 수밖에 없는 구조로 되어 있다. 그런 특성으로 인해 손님과 주인 간 대화가 가능하고 초면인 손님 사이에서도 안면을 트는 일이 다반사로 일어나고 있는 장소다. 광은 신 셰프의 요리사로서의 능력에다 사람 됨됨이까지 더해져서 한번 오면 다시 또 찾게 되는 매력적인 곳으로, 술집이 위치한 종로구 구기동 인근뿐만 아니라 멀리서도 일부러 찾아올 정도다.

천연스레, 고요하게, 익숙하기 그지없는 모습으로 바테이블에 앉아있는 남자의 나이를 가늠하기란 쉽지 않다. 얼굴선을 덮고 있는 구레나룻 때문이다. 수염을 기르면 자칫 원래보다 나이 들어 보이기도 하니까.

"며칠간 아무것도 먹지 아니했소. 그리하여 내 영혼은 그 어느 때보다 맑소."

손님은 같은 얘기를 반복하고 있다. 요는 뱃속이 비어서 영혼이 맑다는 얘기 같은데, 그래서 좋다는 것인지 배가 고프니 먹을 게 필요하다는 것인지 신 셰프로서는 그 의중을 헤아릴 수 없다. 외모도 범상치 않지만 말투 또한 특이한 남자를 신 셰프는 유심히 관찰한다. 얼굴에 생기가 없고 해쓱하니 여위었으나 어디 내놔도 빠지는 인물은 아니다. 낯설지는 않은데 그렇다고 이곳에 왔던 사람 또한 아니다. 손님으로 왔었다면 신 셰프가 알아보지 못할 리 없다. 짧게 머물다 가도 거의 기억할 만큼 총기가 좋은 편이기 때문이다.

손님은 스트라이프 넥타이에 어깨 패드가 과장되어 있는 올드한 스타일의 양복차림이었다. 양복 소매 아래 드러난 손목이 유난히 가늘어 신 셰프의 눈길이 자주 머문다.

주문할 의향이 없어 보이는 별난 손님이긴 해도 가게를 찾아온 이상 할 도리는 해야겠다싶어 조심스레 말을 건넨다.

"뭐 좀 드릴까요?"

"위스키 한잔 마시고 싶소."

"혹시 특별히 원하는 위스키가 있습니까?"

남자의 눈길이 천장 가까이 설치되어 있는 선반을 향한다. 각양각색의 술병이나 위스키 박스 같은 걸 올려둔 선반은 술집 광으로선 일종의 쇼윈도 성격을 띠고 있다. 선반이 과히 튼튼하지 않기 때문이기도 하지만 인테리어로서의 역할을 수행하기 위한 것들이라 진열품들은 모두 속이 비어있다.

남자의 마르고 창백한 손가락이 선반 위 술병 하나를 가리켰다.

"왼쪽에서 두 번째가 좋겠소."

그가 지명한 것은 유리병에 거북이 등을 음각으로 새겨

넣은 산토리위스키였다.

"위스키를 좋아했지만 차마 사마실 수 없었소. 가족 부양도 제대로 못하는 주제에 그 비싼 술이 가당키나 했겠소."

신 셰프가 위스키를 꺼내기 위해 냉장고 문을 여는데 남자가 혼잣말인 듯 중얼거렸다.

"실은 일본에서 오래 거주할 생각은 추호도 없었소. 내가 무엇 때문에 거기서 살기를 원했겠소. 프랑스로 건너갈 계획이었소. 내 친구 김기림*도 그러하였소."

역시 상대방을 고려한 말은 아닌 것 같아 신 셰프는 특별히 반응하지 않았다. 다만, 빈속인 것 같으니 스트레이트보다는 칵테일이 어떻겠냐고 넌지시 떠보긴 했다. 손님은 그에 대해 가타부타 말이 없었지만 특별히 거부의사를 표하지는 않았다.

비록 정장차림이긴 하나 심하게 올드패션이며 제멋대로 헝클어진 머리에 더부룩한 수염과 파리한 얼굴, 어느 하나를 놓고 봐도 경제적으로 여유로워 보이는 사람은 아니었다. 따라서 신 셰프는 이 손님이 며칠째 굶은 이유가 경제사정 때문일 거라고 지레짐작하게 되었다. 기회 봐서 시장기를 면할 수 있는 음식을 놔주리라 생각하면서 우선 입가심요리를 놓아주었다.

"미역초무침과 맑은 장국입니다."

"고맙소."

신 셰프는 칵테일을 제조하기 시작했다. 이 칵테일은 술집 광의 인기메뉴로, 손님들의 만족도가 상당히 높은 술이다. 신 셰프는 요리하는 것도 좋아하지만 칵테일 제조과정도 무척이나 즐긴다. 그는 하이볼 전용잔을 꺼내 일단 얼음을 가득 채운 다음 샷잔 가득 산토리위스키를 따라서 두 차례 부은 후 그 위에 얼음 몇 조각을 더 채우고 토닉워터 하나를 개봉해서 통째로 들이부었다. 손님은 신 셰프의 일거수일투족을 유심히 보고 있다가 궁금해 못 견디겠다는 표정으로 질문했다.

"방금 부은 그건 무엇이오?"

"토닉워터입니다."

"토닉워터라고 큼지막하게 쓰여 있으니 그건 알겠는데, 어떤 용도인가 묻고 있소만."

"탄산수입니다. 헌데 그냥 탄산수는 아니고 각종 향초류와 감귤류의 과피 추출물에다 당분을 첨가한 것입니다. 탄산청량음료라고 보면 될 것입니다."

"음 그러니까 위스키를 맛있게 만드는 역할을 하는 거로군요."

"네. 맞습니다."

신 셰프는 잔 속의 것들이 고루 섞이도록 여러 번 젓고는 레몬을 반으로 잘라 짜 넣었다. 그러고는 다시 한 번 가볍게 저은 뒤 레몬 한 조각을 잔에다 퐁당 빠뜨렸다.

"아! 레몬!"

손님이 감탄하듯 말했다.

"레몬 좋아하시면 더 넣어드릴까요?"

손님이 고개를 저었다.

"레몬향기를 맡고 싶었던 순간이 있었소. 허나 먼 옛날 얘기요."

그의 얼굴에 설핏 어두운 그림자가 내려앉았다.

"나는 말이오. 화가가 되고 싶었소. 하지만 백부의 말씀을 거역할 수 없었소. 환쟁이가 되면 가족을 건사할 수 없을 거라고 하셨소. 하는 수 없이 백부의 바람대로 건축기사가 되었소."

"아 건축가시군요."

손님이 잔을 들어 살짝 입술을 축였다.

"나는 세 살 때 부모 곁을 떠났소. 너무도 가난했던 내 부모가 백부의 양자로 나를 들이밀었기 때문이오. 나는 그런 부모님을 원망하며 성장했소. 어릴 때부터 이미 내 인생은 어긋나 버린 것이오."

"어린나이에 부모님 곁을 떠나 사시다니 힘드셨겠어요."

"생각해보오. 그러니 내가 어찌 제 정신으로 살아갈 수 있었겠소. 참 많이도 울었소. 그렇지만 속으로 울 수밖에 없었소."

말벗을 자처하고는 있으나 수상한 손님이었다. 맥락도 없이 이 얘기 저 얘기 끌어다 횡설수설하는 품이 흔히 볼 수 있는 스타일은 아니었다. 사실 늦은 시각에 달랑 손님 한 사람과 마주하고 있으면 상대에 따라 더러 두려울 때도 없잖아 있긴 하나 이 손님은 누군가에게 피해를 입힐 사람 같아 보이지는 않았다.

손님이 칵테일을 쭉 들이켰다.

"부드럽고 맛나오. 이걸 뭐라고 하오?"

"하이볼이라고 합니다."

"하이볼."

"네. 손님께서 마신 건 산토리가쿠빈으로 만든 거라 가쿠하이볼이라고도 합니다."

"산토리위스키는 내가 좋아하던 술이라오."

그는 연속으로 몇 모금 들이켰고 흡족한 표정을 지었다.

"내가 여기 왜 들어왔는지 아시오?"

신 셰프는 대답 대신 그의 얼굴을 마주봤다. 상대도 답을 기대하고 질문한 것 같진 않았다.

"여기 상호가 '광'이지 않소. 상호를 한자로 써놓지 않았소. 그 글자를 보는 순간 화투짝이 딱 떠오르면서 어릴 적 생각이 나지 뭐요. 내가 어릴 때 말이오. 길에 화투 목단 열 끗짜리가 떨어져있기에 그걸 주워 와서 종이에 그리지 않았겠소. 그랬더니 어른들이 잘 그렸다며 법석을 떨지 뭐요. 아마 일곱 살 무렵이었을 거요. 그때부터 화가를 꿈꿨다오. 그런데 맙소사, 총독부 건축기사가 되다니!"

'총독부'란 단어가 손님의 입에서 튀어나왔을 때 신 셰프는 확신하게 되었다. 이 사람은 좀 이상하다. 아니 많이 이상하다. 그렇다고 사실 확인을 위해 되물어볼 수는 없는 일이다. 모름지기 손님들이 하는 얘기는 한귀로 듣고 한귀로 흘려버려야 한다는 것이 그의 장사철학이다. 또한 되도록 잊어먹는 게 좋다. 그래야 단골들이 편한 마음으로 오가는 법이다.

"지금도 건축기사로 일하시나요?"

"아니오 아니오. 그 일은 얼마 아니했소."

"왜요?"

"몹쓸 병에 걸렸기 때문이오."

"아!"

"나는 온천으로 요양을 떠나야 했소."

손님이 잔을 기울이자 얼음조각들이 서로 부딪치며 달그락거렸다.

"하기야 내가 병에 걸리지 않았더라면 온천에 가지 아니했을 것이고 그랬더라면 금홍을 만날 수 없었을 것이오. 그놈의 병을 원망해야 할지 오히려 고맙다고 해야 할지 판단이 서지 않는구려."

'금홍'이란 말에 정신이 번쩍 든 신 셰프가 새삼 남자를 유심히 뜯어봤다. 전혀 문학적이지 않은 신 셰프도 익히 알고 있을 정도로 '금홍'이란 이름은 유명하지 않은가. 기생 금홍을 만났다고? 금홍이 하면 이상이고 이상 하면 금홍이 연상되는 게 자연스러운 일이 된 지 오래다. 그렇다면 이 사람은?

신 셰프는 헛일삼아 휴대전화를 꺼내 포털사이트 검색창

에 '시인 이상'을 입력해봤다. 이상의 얼굴이 화면에 떴다. 과연 앞에 있는 사람과 똑같이 생겼다.

"혹시, 실례지만, 이상 선생님입니까?"

생각할 겨를도 없이 말이 먼저 튀어나왔지만 신 셰프 본인이 생각하기에도 멍청한 질문이었다.

"허, 날 어찌 아시오?"

곧바로 돌아온 대답 때문에 신 셰프는 기절할 듯이 놀랐다. 이 남자, 혹시 연극배우일까? 이상 역을 연기하다 분장한 채로 이곳에 온 것일까. 신 셰프의 머릿속으로 별의별 생각이 다 스쳐갔다.

"「날개」를 쓴, 우리가 알고 있는 그 이상 선생님입니까?"

"그렇소. 내 작품 중에 「날개」라는 소설이 있긴 하오."

"그런데 어떻게 여기를……"

"조금 전 얘기하지 않았소. 화투짝이 생각나 들어왔다고."

"아니, 제 말은 그게 아니라."

신 셰프는 어떻게 표현해야 할지 난감했다. 그가 하고 싶던 말은, 당신은 이미 오래 전에 세상을 뜬 사람인데 어떻게 내 앞에 앉아 있는가, 하는 것이었지만 그 얘기는 즉, 당신은 죽은 사람이다, 라는 뜻과 같으니 대놓고 말하기가 꺼려졌다.

앞에 앉아있는 손님은 아니 이상은 상대의 의중은 알 바 없다는 듯이 천연덕스럽게 말했다.

"이보오. 이와 똑같은 맛으로 한 잔 더 만들어 주시겠소?"

신 셰프는 칵테일 제조에 들어갔다. 차갑게 냉장된 글라스를 꺼내고, 얼음 넣고, 위스키 붓고, 토닉워터 섞고, 레몬즙 짜고…… 습관적으로 칵테일을 만들고는 있지만 건성이었다. 대체 무슨 일인가. 혹시 꿈을 꾸고 있는 것일까.

이상은 새로 만든 술을 맛나게 들이켜더니 손수건으로 입술을 가볍게 훔쳤다.

"혹시 메로 구이 되오?"

뜻밖이었다. 그가 안주를 주문할 거라곤 예상하지 않았다.

"준비하겠습니다. 잠시만 기다리십시오."

생선회를 뜨거나 칵테일을 만든다든가 하는 비교적 간단한 것은 바테이블이 있는 앞 주방에서 하지만 불을 사용해야 하는 요리는 뒤쪽 주방에서 해야 한다. 가스레인지가 그쪽에 있기 때문이다. 술집 광은 뒤 주방과 앞 주방 사이에 따로 칸막이가 설치되어 있지 않고 두 갈래로 갈라진 기다란 포렴이 두 장소를 구분 짓고 있었다. 메로 구이는 뒤쪽 주방에서 해야 하는 요리였다. 신 셰프는 포렴을 들추고 안으로 들어갔다. 그는 요리하는 틈틈이 포렴 틈으로 홀을 염탐했다. 들어왔을 때와 마찬가지로 그가 또다시 기척 없이 사라질 것 같았기 때문이다.

요리가 드디어 완성되었을 때 신 셰프는 다시 한 번 포렴 바깥쪽을 봤다. 손님은 그 자리에 그대로 앉아있었다. 그러나, 이대로 내가도 되는지 한 번 더 점검한 후 나갔을 때엔 그가 감쪽같이 사라진 후였다. 어안이 벙벙해진 신 셰프는 넓지도 않은 실내를 두리번댔다. 일분 아니 몇 초 전만 해도 분명 있었지 않은가. 대신 언제 들어왔는지 낯익은 손님 하나가 앉아있었다. 오늘은 이상한 날이야. 왜 다들 소리 없이 들어오는 것일까.

신 셰프는 단골손님에게 인사는 하는 둥 마는 둥 급히 물었다.

"여기 계시던 손님 혹시 못 보셨어요?"

"누구? 아무도 없던데요?"

바테이블은 깨끗했다. 입가심 요리도 젓가락도 술잔도, 아무것도 없었다.

*김기림(1908~?): 시인 · 문학평론가. 1930년대 초반에 조선일보 기자로 활약하면서 문단에 등단하였으며 문학의 사회 참여를 가장 중요한 역할로 꼽았다. 이상과 함께 구인회 멤버로 활동하였고 조선문학가동맹에 참여하였다. 서울대, 연세대, 중앙대 등에서 문학을 강의하다가 6 · 25한국전쟁 때 납북되었다.

"혹시, 실례지만, 이상 선생님입니까?"

"허, 날 어찌 아시오?"

이 남자, 혹시 연극배우일까? 이상 역을 연기하다 분장한 채로 이곳에 온 것일까. 신 셰프의 머릿속으로 별의별 생각이 다 스쳐갔다.

"「날개」를 쓴, 우리가 알고 있는 그 이상 선생님입니까?"

"그렇소. 내 작품 중에 「날개」라는 소설이 있긴 하오."

문학으로 덕질하다 | 덕질하는 자, 성덕의 꿈을 꾸는가

영화배우 1982~

5하1
1731

덕질하는 자, 성덕의 꿈을 꾸는가

작가노트 _ 나는 SF, 판타지 및 스릴러 장르 영화를 즐긴다. 그 가운데 특히 〈블레이드 러너〉는 수차례 봤을 정도로 굉장히 좋아한다. 〈블레이드 러너〉는 여태까지 두 편이 만들어졌으며 전 · 후편 모두 마치 공부하듯 진지하게 수차례 보고 또 봤다. SF장르지만 우울한 예술영화 같은 느낌을 주는 영화라서 나의 감성을 자극했던 것 같다. 원체 좋아하다 보니 세 번째 편도 조속히 만들어지면 좋겠다고 생각하게 되었고 그러다 문득 차기 〈블레이드 러너〉 주역으로 한국배우가 출연하면 재미있지 않을까 하는 상상을 하게 되었으며 그럴 경우 누가 적합할지에 대한 공상에까지 이르게 되었다. 이때 퍼뜩 주지훈을 떠올렸다. 〈아수라〉에서 인상 깊었던 주지훈의 연기력 때문

이다.

주지훈의 얼굴에서는 반듯함 · 젠틀함 · 도발 · 퇴폐미 · 오만함 등이 한꺼번에 겹쳐 보인다. 그러면서도 한편으로는 극히 평범한 마스크이기도 하다. 나는 주지훈이 모델 활동할 때부터 눈여겨봤다. GQ라는 남성잡지에 자주 나왔던 것 같다. 모델이야 으레 외모가 훌륭한 이들이 선택하는 직업이긴 하지만 그들 가운데서도 주지훈의 비주얼은 탁월했다. 역시나 모델에만 그치지 않고 일약 주연을 꿰차고 텔레비전에 얼굴을 비치기 시작하더니 지금은 미래가 기대되는 영화배우로 맹활약 중이다. 주지훈이 책 읽기를 좋아한다는 기사를 어디선가 읽은 기억이 있기에 그러한 면모도 일부분 담았다.

덕질하는 자, 성덕의 꿈을 꾸는가

정아는 서른두 번째 생일을 이틀 남겨 두고 있다. 그녀의 꿈은 성공한 덕후가 되는 것이다. 열세 살 중학생 시절 이래 일관되게 그래왔다.

대여섯 살 때부터 꾸준히 받았던 질문 중에, 정아야 너는 커서 뭐가 되고 싶니? 라는 게 있었다. 정아는 그 물음이 싫었다. '뭐'든 되고 싶은 게 없었기 때문이다. 그러다 중학생이 되면서 드디어 그 '뭐'가 생겨났는데, 그녀가 품게 된 소망 혹은 꿈은 '성공한 덕후'였다. 이후로는 누가 묻든 눈동자를 반짝이며 대답했다.

"성덕이 될 거예요."

질문자는 어른들이었기에 그 말을 이해하지 못했다. 뭐 선덕여왕? 여자 대통령이 되고 싶다고? 대부분 이와 유사한 반응을 보였다.

"성덕은요, 성공한 덕후의 줄임말이에요."

그래도 알아듣지 못할 때에는 부연설명을 했다.

"덕후란 한 분야에 미칠 정도로 빠지는 사람을 말해요. 그런 행위를 덕질이라 하고요. 그러니까 덕질에 성공한 사람을 성공한 덕후, 즉 성덕이라고 하는 거죠. 우리 또래는 그런 말 일상적으로 써요."

사랑은 움직이는 것이라 했던가. 정아의 덕질은 한 분야에만 머물지 않았다. 그러나 뭐니 뭐니 해도 가장 오래 한 덕질은 영화와 관련된 것이었다. 영화 관람이야 당연한 거고 포스터니 잡지니 비디오테이프, 시디 등 영화관련 자료들을 열심히 사 모았다. 10대에서 20대 내내 그랬고 30대에 접어든 지금도 영화에 대한 열정은 식지 않았다.

정아의 신분을 굳이 밝히자면 취준생이라고 할 수 있다. 영화 덕후인 만큼 영화관련 기업의 취업을 목표로 삼고 있다. 수없이 낙방했지만 관련업체에 반드시 취업하여 성공한 덕후가 되고 말 것임을 매일매일 다짐하고 있다. 그런 그녀가 요즘에는 배우 주지훈에 꽂혀있다. 영화 〈아수라〉를 본 후 그 즉시 주지훈 덕후가 되어버린 것이다.

주지훈은 누가 봐도 반듯하게 잘 생겼다. 그럼에도 지극히 평범한 마스크를 가졌다. 그 얼굴에서 정아는 백지를 연상하곤 한다. 무엇이건 자유자재로 그릴 수 있는 빈 종이처럼 주지훈의 얼굴도 이와 같다는 게 정아의 생각이다. 영화배우로서의 삶을 선택한 자에게 이는 굉장한 축복이 아닐 수 없다. 물론 정아의 개인적인 견해에 불과한 것이니 이견이 있더라도 가만히 있기 바란다.

〈아수라〉에서 주지훈은 싸늘함, 이죽거림, 비루함, 능청맞은 표정 같은 것을 자유자재로 그려냈다. 매우 조용히 그러나 리얼하게 표현했다. 주연급이 아니었음에도 선배 배우들에 뒤지지 않는 풍부한 연기력을 보여줬다. 주지훈은 그 영화에서 빛났다. 가장 돋보였다. 이 또한 주지훈에 눈이 멀어버린 정아의 견해란 걸 염두에 두기 바란다.

정아는 주지훈 덕질의 첫 단계로 팬카페 가입을 서둘렀다. 주지훈을 내세운 몇 개의 팬카페 중 '세정주'와 '주갤' 사이에서 고민하다 '주갤'에 가입했다. '세정주'는 '세계를 정복할 배우 주지훈', '주갤'은 '디시인사이드 주지훈갤러리'의 줄임말이다. 요즘은 다 그렇다. 줄임말로 통하는 세상이 된 지 오래다.

〈아수라〉 후속작으로 〈암수살인〉이 개봉되던 날 정아는 한 걸음에 달려갔다. 뭐니 뭐니 해도 배우를 기운 나게 하는 것은 높은 영화 예매율이기 때문에 팬을 자처한다면 개봉일에 맞춰 무조건 봐줘야 한다. 마찬가지로 드라마일 경우는 본방사수로 시청률을 끌어올려야 한다.

〈암수살인〉에서 주지훈은 '가지고 논다'는 표현이 딱 들어맞을 만큼 관객들을 휘어잡았다. 이럴 경우 흔히 '물이 올랐다'는 표현을 쓰는데 주지훈이 그랬다. 정아는 이 영화가 주지훈의 인생작이 될 것임을 점쳤으며 그가 할리우드의 어떤 배우와 겨뤄도 결코 뒤지지 않을 실력을 갖췄다고 진심으로 평가하게 되었다.

취준생인 정아는 커피숍과 편의점 아르바이트를 교대로 하고 있다. 그러다 보니 자연스레 편의점도시락으로 식사를 해결하는 '편도족'이 되었다. 편의점도시락이 나트륨 덩어리니 뭐니 말이 많긴 해도 주머니사정이 좋지 않은 취준생 처지로는 값싸고 편히 먹을 수 있다는 것만으로도 고마운 존재다.

정아는 그날도 언제나처럼 편의점도시락으로 저녁식사를 때운 후 텔레비전 리모컨을 손에 쥐었다. 영화전문채널 올레티비에 맞춰져있는 정아의 텔레비전에서는 때마침 〈암수살인〉이 론칭되었다며 주지훈의 얼굴을 화면가득 띄우고 있었다. 팬심을 발휘하여 즉시 결제했다. 아이템에 아낌없이 돈을 써주는 것도 덕후의 역할이다.

알바를 두 개나 뛰어서 그랬겠지만 그날따라 눈꺼풀이 너무나도 무거웠다. 쓰나미처럼 밀려오는 잠을 도저히 이겨낼 재간이 없었다.

*

— 모든 게 준비되어 있다. 시나리오도, 감독도 모두. 블레이드 러너*를 맡아줄 주연배우만 정해지면 당장이라도 촬영에 들어갈 수 있다. 우리는 한국배우도 염두에 두고 있다.

P픽처스가 발신인으로 되어 있는, 위와 같은 내용의 이메일이 아리랑에이전시 해외영화1팀 앞으로 전송돼왔을 때 사무실은 발칵 뒤집혔다. 그도 그럴 것이 P픽처스라면 할리우드 유명 영화사 가운데 하나이기 때문이다. P픽처스는 엄청난 규모의 스튜디오를 소유하고 있을 뿐 아니라

영화제작은 물론이고 배급도 하는 굴지의 영화사로 전 세계에 널리 알려져 있다.

아리랑에이전시는 요 몇 년 새 굵직한 해외프로젝트 몇 개를 잇달아 성사시켜 우리사회를 깜짝 놀라게 한 국내 영화전문기업이다. 일찍이 미국으로 건너가 중고등대학과정을 모두 그곳에서 마치고 컬럼비아픽처스에서 장기간 근무했던 사람이 세운 국내기업으로, 그와 같은 이력 덕에 아리랑에이전시 대표는 할리우드 쪽에 광범위한 인맥을 보유하고 있다.

이메일을 읽는 즉시 해외영화1팀의 박 팀장은 회사대표에게 포워딩했고, 잠시 후 두 사람이 마주 앉았다.

"이메일에 의하면 아직은 딱히 한국배우다, 이렇게 규정짓지는 않은 거 같죠?"

"메일 같은 거 섣불리 보낼 사람들이 아니니까 이 정도의 언질로도 상당한 확률을 내포하고 있다고 봐야 해. 전작의 주연인 해리슨 포드나 라이언 고슬링에 견주어도 손색없을 인물을 찾고 있다잖아? 야, 이거 대단한 사건이군. 참 그쪽에서 절대 비밀유지를 원하니까 박 팀장은 직원들 입단속 단단히 하고."

영화 〈블레이드 러너〉 오리지널이 1982년 개봉이고 후속편인 〈블레이드 러너 2049〉가 2017년 개봉했던 터라 다음편도 그 정도의 기간이 지나야 제작되지 않을까 모두들 지레짐작하고 있던 터였다. 또한 일러봐야 10년 정도는 지나야 만들어질 줄 알았다. 〈블레이드 러너〉 세 번째 편이 예상을 뒤엎고 이른 시기에 준비되고 있다는 사실을 알게 된 것만 해도 놀랍지만, 한국배우도 물망에 올리고 있다니 이는 더더욱 믿기 힘든 일이 아닐 수 없었다. 그들은 실력 있는, 그리고 블레이드 러너 역으로 적합하다고 생각되는 한국배우 세 명 정도를 추천해달라고도 했다.

그들은 내부회의를 거쳐 배우 정○○와 송○○, 그리고 주지훈 이렇게 세 배우를 선정, 일체의 자료를 취합하여 할리우드 측에 보냈다. P픽처스의 요구대로 배우 당사자들에게는 비밀에 부친 채로 일이 진행되었다.

그로부터 3개월 여 후, 신작 홍보 차 내한한 그들과 아리랑에이전시 측 몇몇은 식사자리를 겸한 미팅을 가지게 되었다. 해외영화1팀에 속하는 정아도 운좋게 그 자리에 함께 할 수 있었다.

P픽처스 관계자들은 굉장히 신중하게 처신했다. 식사가 끝나갈 때까지 그 어떤 언질도 주지 않다가 디저트를 막 시작할 즈음에서야 본심을 드러냈다.

"우리는 주지훈에게 흥미를 느끼고 있어요."

할리우드에서 온 일행 중 리더라 짐작되는 콧수염을 기른 자가 말했다.

"보내주신 여러 영화중에서 우리의 마음을 움직인 건 〈아수라〉와 〈암수살인〉이었어요. 〈아수라〉의 선모 역이 상당히 인상 깊었기에 기대를 갖고 그 다음 작인 〈암수살인〉

을 보게 되었는데, 예상이 빗나가지 않더군요. 그래서 우리는 그의 차기작은 훨씬, 더할 나위 없이 좋을 것이라는 희망도 갖게 되었지요."

"외국인이라서 잘 모르실 테지만 〈암수살인〉에서는 사투리 구사력도 대단했어요. 얼마나 연습을 했을지 짐작되고도 남을 만큼이오."

"그런가요?"

"그는 근자들어 깜짝 놀랄 만큼의 연기력을 보여주고 있어요. 짐작컨대 주지훈은 노력파 배우인 것 같습니다."

"노력이란 어느 분야에서건 훌륭한 덕목이죠."

P픽처스 관계자와 아리랑에이전시 대표 사이에서 오가는 대화를 정아는 한 마디도 놓치고 싶지 않아 두 귀를 쫑긋 세웠다. 자신이 덕질하는 배우의 운명을 좌우하는 일에 일익을 담당하고 있는 것이 꿈만 같았다.

"우리는 여기 일주일가량 머물 예정입니다. 주지훈을 포함하여 그의 소속사 관계자들과 얘기할 수 있도록 미팅을 주선해주시면 감사하겠습니다."

"그렇다면 주지훈으로 결정한 것인가요?"

궁금해 못 견디겠다는 듯 박 팀장이 단도직입적으로 물었으나 아직 확실한 건 아무것도 없다며 콧수염이 고개를 저었다.

신장 188센티미터 되는 멋있는 남성의 존재란 바로 이런 모습이라는 걸 주지훈은 온몸으로 보여주며 걸어 들어왔다. 모델 출신답게 그 자리에 있는 모두를 런웨이 현장으로 순간 이동시켰다. 정아는 눈앞의 현실이 믿어지지 않았다. 덕질하는 대상의 실물을 본다는 사실 만으로도 황홀했다. 사람들이 배우를 말할 때 어째서 스타라 하는지 그 이유도 알 것 같았다. '별'이라는 칭호가 아깝지 않을 외모였다. 그런데 정아는 다른 의미에서 다소간 놀라지 않을 수 없었는데, 그것은 그의 마스크에 깃들어있는 고독한 분위기 때문이었다. 절실히 인간이 되고 싶어 하는 복제인간이 가졌음직한 얼굴, 그것이 주지훈에게는 이미 내재되어 있었던 것이다.

"〈암수살인〉의 강태오 연기 인상 깊게 잘 봤습니다. 내내 푸른 수의차림이었죠? 이런 말 하면 좀 그렇지만, 죄수복이 상당히 잘 어울렸습니다."

콧수염이 서두를 떼자 P픽처스의 다른 관계자도 나섰다.

"비주얼이 좋아서 미래수사관 제복도 잘 어울릴 것 같군요."

그들과 주지훈은 장시간 얘기를 나눴다. 시종일관 편안한 분위기였지만 그럼에도 한국 측 관계자들은 내내 긴장했다. 주지훈이 최종 캐스팅될 것인가에 대해 낙관할 수 없었기 때문이다. 그럴진대 배우 당사자야 더 말할 나위 없었을 것이다. 그럼에도 주지훈은 기대도 초조함도 간절함도, 그 어떤 기색도 드러내지 않았다. 철저한 표정관리라고 할 수 있었다. 그는 우리의 상상 이상으로 훨씬 더 단단한 사람이었던 거다.

"당신은 라이언 고슬링과 연계되는 어떤 이미지도 있어 보이네요."

칭찬인지 우려인지 진의를 알 수 없는 할리우드 측 발언에 한국 측의 심장은 다시금 졸아붙었다.

"차기 〈블레이드 러너〉의 상세 제목, 혹시 정하셨나요?"

주지훈의 소속사 측 질문에 콧수염이 대답했다.

"〈블레이드 러너 2079〉입니다."

주지훈의 얼굴에 흐릿한 미소가 번졌다.

"예상했다는 표정이군요?"

주지훈의 의미심장한 웃음기를 포착한 콧수염이 말했다.

"오리지널 나오고 30년 후를 배경으로 후속편 〈블레이드 러너 2049〉가 만들어졌으니까 세 번째 시리즈도 30년 후인 2079로 설정하는 건 자연스런 일인 거 같습니다."

"우리도 그렇게 생각합니다."

"앞선 두 편의 배경은 지구였는데, 이번에도 여전히 그런가요?"

"이미 시나리오가 완성되어 있기는 하지만…… 음, 의견을 들어보고 싶군요."

주지훈이 자신의 생각을 조심스레 꺼내 놨다.

"최종세계대전 이후로는 방사능 낙진 때문에 지구 인구 대부분이 식민행성으로 이주했잖아요? 그 때문에 이전의 두 편은 디스토피아적으로 그려질 수밖에 없었겠죠. 이번에는 황폐화된 지구보다는 우주식민지를 배경으로 해서 전혀 다른 분위기를 내는 것도 신선할 것 같습니다."

"좋은 생각이군요."

콧수염이 껄껄 웃었다.

"〈블레이드 러너 2049〉를 보면서 영화가 던지는 철학적인 물음에 저는 크게 감동했습니다. 두어 차례 더 본 후에야 깊은 뜻을 많은 부분 알게 되었어요. 오리지널 〈블레이드 러너〉를 본 것은 그 다음입니다. 그러니까 저는 영화를 제작 순서대로 보지 않았던 거죠. 아, 생각해보니 오리지널이 세상에 처음으로 선보인 해에 제가 태어났네요."

"1982년생이로군요."

"그렇습니다."

"재미있네요."

"오리지널이 소설을 원작으로 하고 있다고 해서 원작소설도 구해서 읽어봤습니다."

"필립 K 딕의 『안드로이드는 전기양의 꿈을 꾸는가』 말이죠?"

"알고 보니 그 작가가 〈토탈 리콜〉과 〈마이너리티 리포트〉의 원작자이기도 해서 더욱 놀랐습니다. 제가 선호하는 영화 리스트에 들어있는 것들이라서요."

콧수염은 되도록 주지훈과 얘기를 많이 나눠보고자 마음먹은 듯했다. 주지훈의 정신세계나 가치관을 탐색해보려는 것 같았다.

이후로도 이 얘기 저 얘기 나누던 어느 순간 콧수염이 오 마이 굿니스,를 낮게 외쳤다.

“시간이 이렇게 된 줄 몰랐습니다. 다음 스케줄에 늦겠어요.”

그는 테이블 위에 펼쳐져있던 자료들을 주섬주섬 챙기면서 서둘렀다.

“이제 솔직하게 말할게요. 우리는 두 배우를 두고 고민중이었어요. 한 사람은 물론 당신 주지훈이고 다른 이는 이름만 대면 세상사람 대부분이 알 만한 할리우드 스타배우입니다.”

잠시 말을 끊던 콧수염이 주지훈을 향해 불쑥 물었다.

“혹시 〈블레이드 러너〉 전편에서 인상 깊었다거나 하는 장면이 있습니까?”

툭 던지는 질문 같아 보였지만 이 또한 허투루 하는 건 아닐 터였다.

“다소 엉뚱하게 들릴 수 있고 기대하시는 답변도 물론 아닐 테지만 편히 말씀드리겠습니다. 〈블레이드 러너 2049〉에 보면 전편과 후속편의 블레이드 러너들 즉 데커드와 케이의 격투장면이 나옵니다. 둘이 맞붙은 그 장면에서 엘비스 프레슬리의 홀로그램이 등장하고 〈서스피셔스 마인즈〉**가 흘러나오죠. 그런데 정말 아주 조금 변죽만 울리다 금방 다른 노래로 넘어가요. 그 음악을 익히 알고 있는 사람이 아니라면 결코 알 수 없을 정도로 순식간에 지나가버리죠. 하지만 저는 금세 곡명을 알았습니다. 굉장히 좋아하는 곡이기 때문이죠. 그 장면의 여운이 상당히 길었어요."

"〈서스피셔스 마인즈〉는 60년대 말 음악인데 용케도 아시네요. 그런 부분을 우리에게 어필한 사람은 아직 없었어요. 사뭇 흥미로운데요? 왜냐하면 내가 제일 좋아하는 뮤지션이 바로 엘비스이고 즐겨듣는 음악 또한 그가 부른 〈서스피셔스 마인즈〉와 〈인 더 게토〉이기 때문입니다. 당신과는 뭔가 유대감이 느껴지는군요. 함께 일하자면 이런 연대의식은 상당히 중요한 요소지요."

콧수염의 표정이 환히 피어올랐다. 그러자 한국 측은 다시 한 번 가슴이 뛰면서 아울러 어떤 기대감마저 품게 되었다.

"지금 당신께 했던 똑같은 질문을 그 할리우드 배우에게도 했었죠."

콧수염은 그 배우가 어떤 대답을 했는지에 대해서는 말해주지 않은 채로 서류가방을 들고 일어섰다. 아무런 언질 없이 떠나려는 그를 보고 한국 측은 실망감을 감출 수 없었다. 박 팀장이 뱉어내는 작은 한숨소리가 정아에게까지 들려왔다.

미팅이 끝남에 따라 한국 측, 할리우드 측 모두가 우르르 일어났다. 주지훈도 물론 따라 일어섰다. 바로 이때 콧수염이 주지훈에게 성큼 다가가더니 두툼한 손을 내밀었다. 이별의 악수를 하려나 보다 생각한 주지훈이 엉겁결에 그의 손을 맞잡았는데, 다음에 이어지는 콧수염의 발언에 한국 측은 탄성을 내지를 수밖에 없었다.

"당신은 이제 한동안 할리우드에서 살아야 할 것입니다. 자세한 사항은 추후 의논하기로 합시다. 미국에 돌아가는 대로 계약서 보내드릴 테니 충분히 검토해 보시기 바랍니다. 주지훈 씨! 세 번째 블레이드 러너가 된 것을 축하드립니다."

정아는 자신의 직장인 아리랑에이전시가 주지훈을 할리우드로 진출시키는 데에 기여했다는 사실에 크게 고무된 나머지 소리쳤다.

"봐! 보라고. 나는 성덕이 된 거야. 마침내 성공한 덕후가 된 거라고!"

정아는 제 목소리를 자신의 귀로 생생히 들으면서 눈을 번쩍 떴다.

정아가 달콤한 꿈을 꾸는 사이 영화 〈암수살인〉은 어느덧 끝나가고 있었고, 텔레비전은 엔딩크레딧을 부지런히 화면 위로 밀어올리고 있었다.

*블레이드 러너(blade runner): 할리우드 영화 제목이자, 미래수사관을 뜻하는 단어. 구형 복제인간을 찾아 살해하는 임무를 맡고 있다. 오리지널 블레이드 러너는 그 정체가 모호(인간 혹은 복제인간)하게 그려졌으나 후속편에 등장하는 블레이드 러너는 그가 복제인간임을 명확히 하고 있다. 전 후편 모두 상당히 철학적인 작품으로 평가되고 있으며 컬트영화로 자리매김한 측면이 있다. 전편에서는 해리슨 포드가, 후속편에서는 라이언 고슬링이 주연을 맡았다. 전편은 2019년을 무대로, 후속편은 2049년을 무대로 하고 있는 SF영화.

**서스피셔스 마인즈(suspicious minds): 엘비스 프레슬리의 18번째 미국 넘버원 곡으로 1969년 발매되었다. 이후 수년에 걸쳐 상당수의 아티스트들이 커버를 시도했다.

〈아수라〉에서 주지훈은 싸늘함, 이죽거림, 비루함, 능청맞은 표정 같은 것을 자유자재로 그려냈다.

매우 조용히 그러나 리얼하게 표현했다. 주연급이 아니었음에도 선배 배우들에 뒤지지 않는 풍부한 연기력을 보여줬다.

문학으로 덕질하다 | 열한 번째 이상봉 패션디자이너 1955~

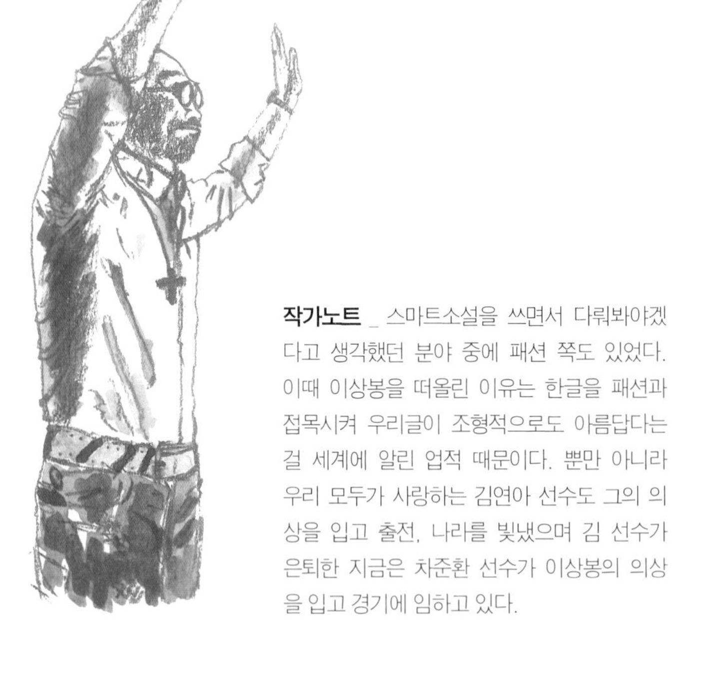

작가노트 _ 스마트소설을 쓰면서 다뤄봐야겠다고 생각했던 분야 중에 패션 쪽도 있었다. 이때 이상봉을 떠올린 이유는 한글을 패션과 접목시켜 우리글이 조형적으로도 아름답다는 걸 세계에 알린 업적 때문이다. 뿐만 아니라 우리 모두가 사랑하는 김연아 선수도 그의 의상을 입고 출전, 나라를 빛냈으며 김 선수가 은퇴한 지금은 차준환 선수가 이상봉의 의상을 입고 경기에 임하고 있다.

열한 번째

이 소설에서 '그림 속 아이는 드높은 담벼락 위에 불안정한 자세로 앉아있고 그 아래쪽으로 뱀 한 마리가 고개를 빳빳이 쳐들고 있었다. (……) 누가 봐도 그건 독사였다' 부분은 생텍쥐페리의 『어린왕자』에 등장하는 그림을 글로 표현한 것임을 밝힌다.
마침 이 소설을 쓰는 중에 프랑스를 방문하게 되어 파리 시내 묘사가 보다 생생해진 면이 있다. 운이 좋았다.

열한 번째

“정말 특이한 경험이었어.”

이상봉은 일단 생수로 목을 축인 후 이야기를 시작했다.

“그날따라 유난히 걷고 싶더라고. 종일 파리 시내 여기저기를 다녔어. 제일먼저 간 곳은 생제르맹이었지. 타셴스토어에서 앤디워홀 아트북을 사야 했거든. 들고 다니기엔 제법 무거운 책이라 호텔로 돌아갈까 생각하기도 했지만 그러지 않았어. 날씨가, 하늘색깔이 너무 예술이더라고. 나는 센 강 주변을 어슬렁거렸어. 출장업무도 흡족하게 끝냈겠다 마음이 홀가분해서 그랬을 거야. 셰익스피어앤컴퍼니에 들어가 책을 뒤적여보기도 하고 인근에 있는 대형서점 지베르죈도 한 층 한 층 올라가봤지.”

“자네는 몇 년 전 책가도 콘셉트로 패션쇼를 열기도 했잖아. 파리 서점에서 혹시 특별한 영감이라도 얻었나?”

동네책방 오픈을 계획 중인 소설가 S가 궁금한 마음을 이기지 못하겠다는 듯 서둘러 물었다.

“당연히 얻은 게 있었지. 그 얘긴 따로 만나서 해줄게. 아무튼 바쁜 일도, 처리해야 할 일도 딱히 없다 보니 하루종일 걷고 먹고 마신 망중한의 시간이었어. 물론 걷기만 한 건 아냐. 버스나 전철을 타기도 했으니까. 그러다 ‘그

일'이 일어난 거야. 마레 지구에서."

"아, 마레 지구. 빈티지 숍이니 피카소박물관이니 하는 흥미로운 장소가 많은 힙한 거리."

추임새를 넣은 이는 연극인 A였다.

"마레 거리를 걷는 중에 마음을 끄는 카페가 있더라고. 노천에는 빈자리가 없어 실내로 들어갈 수밖에 없었는데, 거기도 호젓한 게 나름대로 좋더라고. 파리 사람들은 죄다 노천카페에 앉아서 먹고 마시고 하잖아."

"그렇지. 파리의 특징 중 하나는 바로 그 점이 아닐까. 그들은 햇빛을 사랑하는 민족 같아. 해만 나면 잔디밭이니 광장이니 나와서 앉아 있잖아. 카페도 노천에만 바글바글 모여 있고."

유럽출장이 잦은 여행전문지 대표 C의 말이 끝나자마자 화가 Y도 거들었다.

"겨울의 경우 오후 세 시 정도면 해가 지는 나라잖아. 그 때문에 햇빛을 소중히 여기게 되지 않았을까?"

계속하여 이상봉이 말을 이어갔다.

"카페 안쪽으로 들어갔을 때 손님이라고는 한 사람밖에 없었어."

사십대로 보이는 남자였는데, 입고 있는 옷이 유별나서 호기심을 자극했다고 한다. 조종사복장에다 특이한 모자를 쓰고 있었는데, 그 패션이란 것이 생투앙 벼룩시장에서조차 찾기 힘든 구세기적인 것이었다고. 20세기 중반 유럽지역

공군조종사들이 착용했음직한 옷이었다. 패션디자이너가 직업인 사람으로서는 당연히 흥미를 가질만한 의복이었다.

실내카페라고 해봐야 몇 테이블 안 되는 좁은 곳이라 자리에 앉자면 남자 옆을 지나쳐서 갈 수밖에 없었는데, 이상봉은 이때 그가 그림을 그리는 중이라는 걸 알게 되었다. 테이블에 놓여있는 드로잉북에는 어린이 하나와 뱀 한 마리, 작은 나무와 돌멩이 같은 간단한 밑그림이 그려져 있었다. 남자의 손에 색연필이 쥐어진 걸로 봐서는 이제 막 채색을 시작하려는 것처럼 보이기도 했다.

그림 속 아이는 드높은 담벼락 위에 불안정한 자세로 앉아있고 그 아래쪽으로 뱀 한 마리가 고개를 빳빳이 쳐들고 있었다. 어린이는 앞모습이었고 뱀은 뒷모습이었다. 뱀은 어린아이를 올려다보고 있었다. 몸통은 동그랗게 말려있으나 머리통 부분만큼은 꼿꼿하게 치켜들고 있었다. 누가 봐도 그건 독사였다.

통상적으로는 잘 그린 그림이라 할 수 없었다. 유아적인 느낌이 강했다. 언뜻 보면 평화로워 보이는 장면이었다. 어쩌면 얘기를 나누는 것 같기도 했다. 그러나 독사는 종래엔 아이를 깨물 것이다. 애초에 그렇게 태어났으니까. 그게 독사의 본성이니까. 그렇다면 아이는 죽을 수밖에 없을 것이다. 그림에 불과했지만 아이가 가엾게 여겨졌다. 매우 짧은 시간 스쳐지나갔음에도 그림이 머릿속에 정확히 저장됐는데, 돌이켜보면 그 또한 수상쩍은 점 중의 하나였다.

호기심이 부풀대로 부풀어 올랐다. 남자를 살피기에 가장 적합한 자리에 앉아 커피와 크림 브릴레를 주문했다. 크림 브릴레는 파리에 올 때마다 반드시 챙겨먹을 정도로 좋아하는 디저트지만 그때는 맛을 음미하고 자시고 할 새도 없었던 것이 남자에게서 눈을 떼지 못할 정도로 강렬한 관심이 발동했기 때문이다. 유난히 호기심이 많아 세상사 모든 걸 그저 보아 넘기지 못하는 품성이라 그랬을 수도 있다.

어지간하면 시선을 느낄 만도 한데 남자는 도무지 이렇다 할 반응을 보이지 않았다.

오래 머물 생각으로 들어온 것은 아니지만 좀 더 있어보기로 했다.

"무슈."

한 20여분 정도 흘렀을까, 다소 지루해진 이상봉이 종업원을 불렀다. 맥주 한 잔을 주문하기 위해서였는데 이때 남자가 언뜻 고개를 들었다. 깊게 쌍꺼풀진 커다란 눈이 선량해 보이는 인상이었다. 그러나 이내 고개를 숙였고 하던 일을 계속했다.

크림 브릴레 만큼이나 즐기는 생맥주 1664블랑이 테이블에 놓였다. 알싸한 맥주를 한 모금 입속에 넣고 음미하던 바로 그 순간이었다. 섬광과도 같은 어떤 생각이 후딱 뇌리를 스쳐지나갔다. 하마터면 맥주를 도로 뱉어낼 만큼이나 엄청난 것이었다. 아니, 말도 안 되는 상상이었다.

"저, 저 그림은……"

흥분된 나머지 자신도 모르게 벌떡 일어섰다. 그 통에 의자가 뒤로 넘어졌다. 상당한 소음이 비좁은 실내에 울려 퍼졌지만 남자는 이번에는 고개조차 들지 않았다. 이상봉은 의자를 바로 놓지도 않은 채 성큼 발을 내디뎠다. 지근거리라 두 발자국 정도로도 벌써 남자 앞에 서게 되었다.

"봉수아 무슈."

남자는 하던 일을 계속할 뿐이었다.

재차 말을 걸었다.

"나이스 투 미츄."

이윽고 남자가 고개를 들었다. 이런 경우 답례인사를 하는 게 일반적인 현상이지만 남자는 커다란 눈을 껌뻑대며 올려다 볼뿐이었다. 그런데 그 표정이 독특했다. 아무리 낯선 사람이라고 해도 먼저 인사를 건네는 이에게 보여줄 만한 표정은 아니었다. 몹시 놀랄 때 혹은 당황할 때나 짓는 낯빛이라고나 할까.

"한국에서 온 패션디자이너 이상봉이라고 합니다."

악수를 청하고자 손을 내밀었다. 그러자 안 그래도 커다란 남자의 눈이 더욱 왕방울 만해졌다. 금세라도 튀어나와 버릴 것 같았다. 남자가 더듬더듬 말했다.

"당신은, 내가, 보입니까?"

"당신 눈에, 그럼, 내가 안 보입니까?"

이상봉이 남자에게 되물었다.

"나야, 물론, 당신이 보이죠."

"그렇다면 어째서 그런 질문을 하는 것입니까?"

"그 이유는…… 나는 아무에게나 보이는 사람이 아니라서요."

"도무지 무슨 얘기인지 알 수 없군요."

"70년 넘게 파리 시내를 걷는 중이지만 나를 본 사람은 기껏해야 도합 열 명에 불과했어요."

"마치 당신이 투명인간이라도 된다는 말같이 들립니다."

"그건 물론 아닙니다. 아무튼 반갑습니다."

"뭔가 느낌이 이상하기는 하지만…… 반갑습니다."

남자의 표정이 갑자기 유쾌하게 바뀌었다.

"누군가와 대화를 하는 게 얼마 만인지 모르겠어요."

이상봉은 남자의 양해를 구한 뒤 맞은편에 앉았고 얼른 드로잉북을 살폈다. 어린아이 머리칼과 아이가 목에 두르고 있는 긴 머플러, 뱀 같은 것들이 노란색으로 메꿔져 있었다. 남자는 그때까지도 색연필을 손에 쥐고 있었다. 물론 노란색이었고, 다른 크레용은 눈에 띄지 않았다. 부분적이나마 색칠된 그림을 보자니 이상봉의 생각은 더욱 확고해졌다. 마음속으로 생각하는 그 그림이 분명했다. 손가락으로 그림을 가리켰다.

"이 아이 어린왕자, 맞지요?"

"아니 이게 보인단 말이오?"

"당최 무슨 말을 하는 것인지……"

남자가 뱀을 가리키며 질문했다.

"이것도 보입니까?"

"뱀 아니오. 노란 뱀."

남자가 환히 웃었다. 양 볼 깊이 보조개가 파였다.

"이건 진짜 말도 안 되는 소리긴 하지만, 혹시 당신은 생텍쥐페리 선생……"

솔직히 기대 같은 건 하지 않았다. 그냥 내질러 본 것에 불과했다. 가당키나 한 일인가 말이다. 그러나 놀라운 대답이 이어졌다.

"그렇소. 나는 앙투안 드 생텍쥐페리요."

"맙소사. 이게 꿈이 아니라면 지금 엄청난 일이 벌어지고 있군요."

"내 모습이 보이는 걸 보니 당신은 보통의 어른들과는 다른 어른이군요."

"그런가요? 그럼 나는 어떤 어른인가요?"

"흔히 세상에는 어른과 어린이 두 부류의 사람만이 있다고 생각하기 쉽지만 내 생각은 달라요. 어린이와 어른, 그리고 '어른이 되어서도 어린 시절의 감수성을 잃지 않은 어른' 이렇게 세 부류가 있다고 생각하고 있습니다. 당신은 바로 세 번째에 속하는 사람 같아요. 당신 눈에 내가 보이고 이 그림이 보이는 이유는 바로 그 때문입니다."

"당신은 『어린왕자』 첫머리에다 친구 레옹 베르트에게 보내는 헌사를 썼죠? '어린 소년이었을 때의 레옹 베르트에게' 라고 끝맺었고요. 이것과 일맥상통한 거라 이해하면

될까요?"

이상봉은 자신이 말해놓고도 크게 놀랐다. 『어린왕자』의 서문을 어찌 기억하고 있는 것일까. 그 책을 읽은 시기가 몇십 년 전이었는지조차도 기억이 희미할진대 어떻게 서문의 한 부분을 외워 말할 수 있다는 말인가! 자신의 안에 다른 누군가가 잠시 들어온 것 같았다. 불가사의한 일이었다.

"맞습니다. 바로 맞췄어요."

"이 상황을 나는 도저히 믿을 수 없어요."

"당신은 파리에서 나를 목격한 열한 번째 사람입니다. 1944년 여름 이래로, 그래도 초기에는 한 삼사년 터울로 그런 어른을 만날 수 있었지만 점차 공백기가 길어졌지요."

"1944년이라면?"

"『어린왕자』 발표 이듬해죠."

"그리고 바로 그해에 당신이 사라졌죠."

"맞습니다."

남자가 잠시 노천 테이블에 앉아있는 사람들을 물끄러미 내다봤다. 외로움이 느껴지는 얼굴이었다.

"어린 시절의 감수성을 간직하고 있는 어른들을 만나는 일이 점차 어려워지고 있어요. 이렇게 당신을 만나게 되기까지 무려 29년이라는 공백기가 존재했으니까요."

"그러니까 당신이 말하는 세 번째 부류의 어른을 마지막으로 만난 게 29년 전이란 얘기인가요?"

"네."

남자가, 아니 생텍쥐페리가 작게 한숨을 내쉬었다.

"29년 전이라면 얼핏 계산해도 1990년이군요. 지루한 시간이었겠어요. 그해는 내게도 특별한 해라서 새삼 감격스럽네요. 생애 처음으로 파리 프레타포르테 전시회에 참가했던 해라서요."

"당신에게나 나한테나 1990년은 의미 깊은 해였군요. 바라건대 당신이 나를 보는 마지막 어른이 아니었으면 좋겠어요."

생텍쥐페리는 드로잉북에서 한 장을 뜯어 이상봉에게 건넸다. 조금 전까지 그가 그리던 바로 그 그림이었다.

"세 번째에 속하는 어른을 찾기 힘들어지는 세상이 되어가고 있어요. 그래도 나는 이 일을 멈추지 않을 것입니다."

생텍쥐페리는 잠시 후 일어섰고 두 사람은 작별인사를 나눴다.

그는 유령처럼 혹은 바람처럼 사라지지 않았다. 다른 모든 사람들과 마찬가지로 출입문을 손수 손으로 밀고 햇빛 쏟아지는 거리로 걸어 나갔다. 그는 곧 인파에 섞였고 점차 멀어져갔다.

이 이야기가 사실인지 아닌지 궁금한 자 있다면 이상봉에게 직접 물어보시라. 그는 기꺼이 자신이 경험했던 바를 말해줄 것이다. 혹시 운이 좋으면 생텍쥐페리가 직접 그린 그림을 볼 수 있을지도 모른다.

“이 아이 어린왕자, 맞지요?”

“아니 이게 보인단 말이오?”

“당최 무슨 말을 하는 것인지……”

남자가 뱀을 가리키며 질문했다.

“이것도 보입니까?”

“뱀 아니오. 노란 뱀.”

남자가 환히 웃었다. 양 볼 깊이 보조개가 파였다.

“이건 진짜 말도 안 되는 소리긴 하지만, 혹시 당신은 생텍쥐페리 선생……”

외국

인물 스마트소설

데이비드 보위_ 정말 화성에 살고 있는 사람도 많아

욘 아이비데 린드크비스트 _ 무시무시한 환상을 보여줄게

샤를 보들레르 _ 사람은 고양이를, 고양이는 사람을 사랑하고

알렉산더 맥퀸 _ 독창 실험 선동 전위적이었다

에이미 와인하우스 _ 나는 백번 죽고, 너는 여자에게 돌아가고

장 미셸 바스키아 _ 피부색 편견 없이 잘 있는 거지?

파트리크 쥐스킨트 _ 사랑이란 이름으로 나를 먹어치웠어요

재니스 조플린 _ 어쩌면 말이야 만약에 말이야. 메이비 메이비

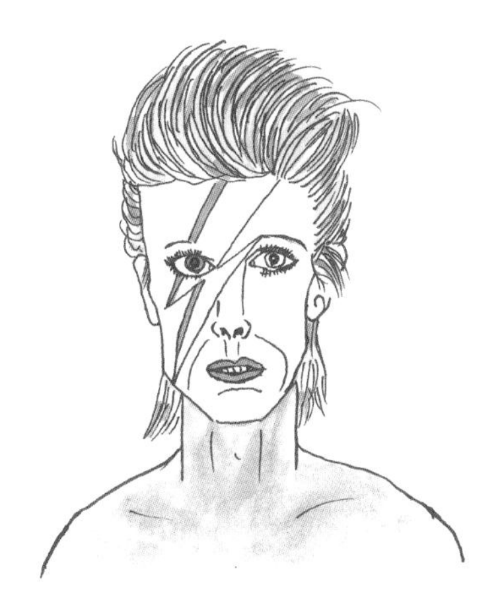

데이비드 보위

가수 · 영화배우 1947~2016

작가노트 _ 데이비드 보위는 평생에 걸쳐 전 세계 음악 팬들로부터 사랑받았던 아티스트다. 나도 그의 열혈 팬이었다. 그의 독특한 퍼포먼스와 음악세계도 동경했지만 한 사람의 배우로도 좋아했다. 류이치 사카모토 음악으로 더욱 유명세를 탔던 〈전장의 크리스마스〉와 데이비드 린치 감독의 〈트위픽스〉에서 했던 그의 연기가 기억에 남아있다. 누가 뭐라 해도 그는 약 40여 편의 영화에 단역 · 주 · 조연으로 출연했던 명실상부한 배우였다. 데이비드 보위 덕후였던 나는 그가 생의 마지막 순간까지도 음악을 놓지 않았다는 사실에 큰 존경심을 가지고 있다. 데이비드 보위가 병마와 싸우면서 내놓은 마지막 앨범 ≪블랙스타≫에서도 그는 평생 추구해온 도전의식과 실험정신을 버리지 않았다.
이 스마트소설을 쓰면서는 특히나 연도에 세심하게 신경 써야 했는데, 이유는 이 책에 등장하는 다른 어떤 소설보다 실제와 허구가 많이 뒤섞여있기 때문이다. 특히나 우주선 발사 부분에서는 수차례나 연도를 체크해야 했다. 세계최초 유인우주선 아폴로11호의 달 착륙은 1969년 7월 20일(실제상황)이지만 실은 그 이전 1967년 9월에 이미 유인우주선을 화성에 보낸 적이 있다고 서술한 부분이나 극비에 쏘아올린 그 유인우주선에 톰 소령이 타고 있었다(허구)는 부분 등은 모두 상상력이 만들어낸 픽션이다. 「실은 나 화성인이야」는 이 가상의 이야기와 데이비드 보위의 공전의 히트곡 〈스페이스 오디티〉를 접목시켜서 썼다. 참고로 여기 등장하는 믹 제거와 데이비드 보위 사이의 우정은 널리 알려진 사실이다.

실은 나 화성인이야

실은 나 화성인이야

"믹, 실은 나 화성인이야."

데이비드 보위의 고백은 더없이 진지했지만 믹 재거는 터무니없어 했다.

"화성을 노래한다고 해서 네가 곧 화성인인 건 아니지."

어이없다는 듯이 고개까지 내젓는 믹 재거의 반응에 데이비드 보위는 깊은 한숨을 내쉬었다.

아는 이들은 다 알고 있는 사실이지만 지구에는 외계종족이 상당수 살고 있다. 물론 반대로 외계에 정착한 지구인들도 적지 않다. 단지 대놓고 화제로 삼지 않을 뿐이다.

외계인들은 본능적으로 자기 종족을 알아본다. 그러나 외계법상 다른 별에 정착하면 자신의 정체성을 드러내는 걸 금지하고 있으며 이를 어기면 후일 자기별로 돌아갔을 때 엄한 벌을 받도록 되어 있기 때문에 거의 모든 외계인은 이 법을 반드시 엄수하고 있다. 다른 별로 이주한 지구인에게도 이 법이 동일하게 적용되는지는 알려진 바가 없다. 왜냐하면 한번 지구를 떠난 사람이 되돌아온 경우가 없기 때문이다. 그러니까 데이비드 보위가 금기를 깨면서까지 자신의 정체를 믹 제거에게 고백한 이유는 더이상 친구를 속이기 싫었기 때문이다.

믹 재거의 시큰둥한 반응으로 데이비드 보위는 의기소침해졌다. 그러나 어떤 식으로든, 누구에게든 표출하지 않으면 형 테리 번스처럼 정신분열 증세를 겪게 될 것 같아 불안했다. 테리 번스는 정신적 압박을 견뎌내지 못하고 기차에 몸을 던져버리는 최악의 선택을 하고 말았다. 데이비드 보위는 자신의 삶을 그런 식으로 마감하고 싶지 않았다.

데이비드 보위는 신분을 감추고 활동하고 있지만 지구 최고의 록스타로 인기를 누리고 있었다. 음악성은 물론이려니와 특이한 퍼포먼스도 한몫해서 스타 반열에 오른 지 오래다. 그는 무대에 설 때 붉은 립스틱에 짙은 아이라인을 하고 인조 속눈썹을 기다랗게 붙였다. 여성적인 타이즈에 빨간 롱부츠를 신고 무대에 서기도 했다. 그는 늘 눈부시게 치장했다. 지구인들 입장에서야 마냥 신기해서 열광한 것일 테지만 실은 그것은 화성인의 속성이라서 그는 자기 본능에 충실했을 뿐이다. 그 시기 데이비드 보위가 구사하던 글램록은 화성에서는 보편적인 음악장르였다. 화성의 현지가수들은 전부 별난 머리모양에 짙은 화장, 굽 높은 부츠를 신고 반짝이 의상을 입고 노래한다.

지구인이 화성인에 대해 가지고 있는 가장 큰 편견 중 하나를 꼽자면 외모에 대한 것이라고 할 수 있다. 화성인은 아니 외계인은 영화 〈에일리언〉 시리즈에 나오는 연체동물처럼 괴상하게 생기지 않았으며 〈디스트릭트9〉나 기타 영화에서처럼 거대곤충 같은 모습도 아니다. 혈액도 물론 푸르지 않다. 지구인들은 상상력을 이상한 방향으로 발휘하고 있었다. 그것이 못마땅하다고 자신의 신분을 드러내며, 자 화성인은 보시다시피 이렇게 생겼소, 할 수도 없는 노릇이라 외계인들은 벙어리 냉가슴 앓듯 하면서 쥐 죽은 듯이 살고 있었다.

데이비드 보위를 유명가수 반열에 올려놓은 음악은 그의 나이 스물두 살이던 1969년 발표한 〈스페이스 오디티〉였다. 이 노래는 아폴로11호 발사일(1969년 7월 16일, 착륙일은 7월 20일) 닷새 전인 7월 11일에 발매되었다. 아폴로11호는 우리 모두가 알다시피 최초로 달 착륙에 성공한 유인우주선이며 닐 암스트롱이 선장이었다. 이로 인해 닐 암스트롱은 인류 최초로 달에 첫 발걸음을 내디딘 우주비행사로 세계사에 기록되어 있다. 그러나 사실을 말하자면 그보다 앞선 시기에 우주로 날아간 유인우주선이 있었다. 미우주항공국 즉 나사에서 비밀리에 진행했던 프로젝트로, 이는 관계자들 소수 외에는 아무도 알지 못한다. 국가가 관리하는 일급기밀이기 때문이다.*

데이비드 보위가 이 유인우주선 발사 전모를 알게 된 것은 어느 야밤 은밀히 찾아온 한 남자 때문이었다. 그는 자신이 지구에 정착한 화성인이며 지구이름은 더그 존스이고 항공우주국 연구원이라고 했다. 데이비드 보위는 이날 더그 존스로부터 톰 소령과 그의 우주선에 관해서 듣게 되었다. 놀라운 얘기였다.

더그 존스에 의하면, 톰 소령을 태운 우주선은 1967년 9월에 발사되었다고 한다. 닐 암스트롱 때와는 달리 이 우주선은 달이 아니라 화성을 목적지로 하고 있었다.

"아폴로1호**에 대해 먼저 얘기해야 할 것 같아요. 아폴로1호는 톰 소령 프로젝트보다 약 8개월 앞서 진행되던 우주탐사계획이었어요. 그런데 시험비행 도중 우주비행사 세 명 전원이 사망했습니다."

"아, 그 비극적인 사고는 나도 잘 알고 있어요. 내 나이 스무 살 때 일어난 일이죠."

"우주항공국은 고민에 빠졌습니다. 우주탐험을 지속해야하는데 또다시 사고가 발생하면 여론이 나빠질 것이고 그리 되면 차후 우주탐사에 악영향을 미칠 수 있다고 생각했던 것이죠. 그런 이유로 톰 소령을 태운 유인우주선 발사 계획이 극비리에 진행되었던 것입니다. 성공하면 그때 가서 알려도 늦지 않을 거라 여겼던 거죠."

"그러나 안타깝게도 또다시 실패했군요."

"네. 그래서 이 프로젝트는 영원히 묻히게 된 것입니다."

"실패 원인은 무엇이었나요?"

"이때에는 통신이 말썽을 일으켰습니다. 교신이 두절되는 통에 톰 소령은 우주미아신세가 돼버린 것이죠. 극비프로젝트라서 톰 소령은 아폴로1호 우주인들과는 달리 어떤 애도의 말도 그 어떤 명복의 말도 국민으로부터 들을 수 없었습니다."

"슬픈 사연이군요."

"우리 연구원들과 톰 소령의 가족은 기밀유지서약서에 서명했고, 그에 상응하는 금전적 대가를 충분히 받긴 했죠."

"그렇다면 당신은 국가기밀을 지켜야할 의무가 있지 않습니까."

"너무 괴로워서 이러는 겁니다. 톰 소령의 사연을 누구에게라도 털어놓지 않고는 살아갈 수가 없어서요."

데이비드 보위는 순간 형 테리 번스를 떠올렸고 더그 존스의 심정을 십분 이해하고도 남았다. 데이비드는 수분 간 침묵하다 무거운 마음으로 입을 열었다.

"그런데 왜 하필이면 나한테."

"당신이 화성인이란 걸 알고 있어요."

"아!"

"우리는 본능적으로 알잖아요. 단지 말을 하지 않을 뿐."

"미스터 존스 당신을 처음 본 순간 나도 알아차리긴 했어요. 그러나 조심스러운 문제라 시치미를 뗄 수밖에 없었어요."

"내 마음 편하자고 당신에게 짐을 떠안기는 것 같아 미안하지만 하는 수 없었어요. 이해해주시면 감사하겠습니다. 나는 당신이 당신의 방식으로 톰 소령을 추모해주기를 원합니다."

데이비드 보위는 더그 존스가 자신에게 바라는 게 뭔지 알 것 같았다.

"톰 소령의 희생이 헛되지 않도록 우회적으로나마 지구인들에게 알려달라는 것이죠?"

"그렇습니다. 당신의 노래는 파급력이 있으니까요."

데이비드 보위는 어느새 고개를 끄덕이고 있는 자신을 발견했다. 다소 안심이 된 표정으로 더그 존스가 말을 이었다.

"나는 화성으로 돌아갈 거예요. 다시는 지구에 오지 않을 것입니다."

더그 존스가 떠난 후 데이비드 보위는 한동안 멍하니 앉아 있었다. 톰 소령은 화성에서 홀로 얼마나 무섭고 외로웠을까. 말할 수 없이 마음이 아팠다.

데이비드 보위는 그날, 밤을 꼬박 새다시피 하면서 노래를 만들었다. 인류의 미래를 위해 희생되었으나 아무도 기억하는 자가 없는 톰 소령! 아니 기억은커녕 그런 일이 있었다는 것조차 아는 이 없는 지구인들에게 그의 존재를 알려야 했다.

톰 소령의 고독과 외로움에 초점을 맞추되 항공우주국 지상관제소와 톰 소령과의 교신 내용 위주로 노랫말을 쓰기로 가닥을 잡았다.

지상관제소에서 톰 소령에게
지상관제소에서 톰 소령에게
단백질 알약을 복용하고 헬멧을 착용하라
지상관제소에서 톰 소령에게
10, 9, 8, 7, 6
카운트다운을 시작한다. 엔진가동
5, 4, 3
점화확인. 신의 가호가 함께 하기를
2, 1, 발사
여기는 지상관제소. 톰 소령에게 말한다
정말 대단한 일을 해냈다…

일사천리로 가사가 나왔다. 지상관제소의 대사를 처음에 넣었으니 이젠 톰 소령이 응답할 차례였다.

여기는 톰 소령. 지상관제소 나와라
나는 문을 나서고 있다
너무 특이한 방식으로 떠다니고 있다
별들은 오늘따라 매우 달라 보인다…

데이비드 보위는 펜을 내려놓고 일어났다. 창을 열었다. 깜깜한 하늘에 무수히 많은 별이 떠있었다. 저 별들을 톰 소령도 보았을 것이다. '별들은 오늘따라 매우 달라 보인다'라고 가사를 쓴 이유는 지구에서 보는 게 아니라 화성에서 보는 것이기 때문이다. 그러나 톰 소령은 아름다운 별을 오래 감상하지 못한다. 왜냐하면 지구와 교신이 곧 끊어질 것이고 그것은 곧 지구귀환이 불가능하다는 걸 뜻하는 것이며 결과적으로 화성에서 고독하게 죽을 수밖에 없기 때문이다. 그 다음 가사는 차마 쓰고 싶지 않았다.

데이비드 보위는 담배 한 개비를 꺼내 입에 물었다. 불을 붙였다. 깊이 들이마셨다가 내뱉었다. 혹시 톰 소령도 자신처럼 애연가였을까? 절망적인 순간에 담배라도 피울 수 있었더라면 그나마 나았을 거라 상상하기도 한다. 데이비드 보위는 담배 한 대를 모두 태우고는 책상 앞에 가서 앉았다.

지상관제소에서 톰 소령에게
회로가 작동하지 않는다. 뭔가 잘못된 것 같다
들리나 톰 소령?
들리나 톰 소령?
들리나 톰 소령?
들리나……***

데이비드 보위는 먹먹한 마음에 담배를 또다시 입에 물었다. 절로 눈물이 흘러나왔다. 이 노래는 발표되는 즉시 지구인들의 심금을 울릴 것이고, 또한 큰 히트를 기록할 것이라 그는 예견했다. 그럼에도 기쁘지 않았다.
이제 끝을 맺어야 했다.

> 나는 우주를 떠돌고 있다
> 달에서 한참 더 멀리 왔다
> 지구는 푸르고
> 내가 할 수 있는 일이란 아무것도 없다…

데이비드 보위는 만들어놓은 노랫말에 어울리도록 작곡했고 제목을 〈스페이스 오디티〉라 붙였다. '우주괴짜' 정도로 해석될 수 있는 〈스페이스 오디티〉는 데이비드 보위의 예상대로 많은 사람들이 좋아해줬다. 이후로도 그는 지속적으로 화성에 대해 노래했다.

데이비드 보위는 오른쪽 뺨에다 번개모양을 붉게 그려 넣고 오렌지색으로 물들인 펑키한 헤어스타일로 무대에 섰다. 스파이더맨 같은 슈퍼히어로나 입을 법한 번쩍이는 올인원 쫄쫄이 슈트 차림도 마다하지 않았다. 화성법을 어기면 안 되었으므로 대놓고 정체를 밝히지는 못했을지라도 그로서는 최대한 노력했다. 그러니 지구인 행세를 했다느니 화성인임을 속인 채 인기를 얻었다느니 하는 말로 그를 비난해서는 안 된다. 알아차리지 못했으니 우리 지구인의 잘못이다. 눈치 없는 지구인은 그의 고백을 한낱 노랫말로만 인식했던 거다. 그는 끝내 정체를 밝히는 것에 성공하지 못한 채 2016년 1월 10일 생을 마감했다.

데이비드 보위가 유명을 달리한 지 며칠 지나지 않은 어느 날이었다. 어마어마한 팔로어를 거느린 믹 재거의 트위터에 믿기 힘든 글이 올라왔다.

— 안녕하세요. 롤링 스톤스의 믹 재거입니다. 어제 내 친구 데이비드 보위를 만났습니다. 꿈에서 본 게 아니라 정말로 만났어요. 신비로운 체험이었습니다.

믿기 어려운 멘션에 전 세계인이 앞 다퉈 동시 접속하는 바람에 믹 재거의 트위터는 한동안 열리지도 않을 지경이었다.

— 불가사의라고밖엔 표현할 길이 없네요. 혼자만 알고 있어서는 안 된다는 생각에 데이비드를 사랑하는 전 세계인과 공유하려고 합니다. 데이비드는, 맙소사! 죽은 게 아니었어요. 그는 화성에 살고 있어요.

— 데이비드는 톰 소령에 대해서 언급했습니다. 톰 소령 아시죠? 데이비드의 음악을 좋아하는 사람들이라면 기억하고 있을 것입니다. 그의 노래 〈스페이스 오디티〉에 등장하는 톰 소령 말입니다. 그 톰 소령이 우주복을 입은 상태 그대로 화성의 한 바위에 기대어 누워 있는 걸 발견했다고 해요. 그러니까 말이죠. 그의 노래에 등장하는 톰 소령은

진짜였던 것입니다.

— 데이비드는 자신이 촬영한 톰 소령을 내게 보여줬어요. 톰 소령의 우주복은 곳곳이 붉고 푸른 테이프로 땜질되어 있었습니다. 살아남기 위해 애쓴 흔적으로 보였습니다. 톰 소령은 홀로 얼마나 무서웠을까요.

— 톰 소령이 화성에 고립된 시기는 1967년이라고 합니다. 계산해보니 톰 소령은 무려 49년이나 그 상태로 있었던 것이죠.

— 데이비드가 톰 소령의 헬멧을 벗겼을 때 그는 백골상태였다고 합니다. 당연한 현상이지만, 그럼에도 몹시 가슴이 아프네요. 데이비드는 톰 소령을 예를 갖춰 잘 모셨다고 말했어요.

믹 재거는 마지막으로 이와 같이 적고 있었다.

— 아주 오래 전, 데이비드가 자신은 화성인이라고 고백한 적이 있었습니다. 나는 그것을 농담으로 받아들였어요. 돌이켜보니 그에게 미안합니다. 이제는 믿습니다. 데이비드는 고향별로 돌아간 것입니다.

*소설을 쓰기 위해 만들어낸 허구.

**아폴로1호:AS-204라고도 불리는 아폴로1호는 1967년 2월 21일에 발사되어 지구를 주회할 예정이었으나 시험비행 도중 화재가 발생, 약 15초 안(화재발생 후 선체 파열에 이르는 시간)에 비행사 전원이 사망했다고 알려져 있다. 1967년 1월 27일의 일이다.

***데이비드 보위가 작사 작곡한 〈스페이스 오디티〉 중에서

나는 우주를 떠돌고 있다

달에서 한참 더 멀리 왔다

지구는 푸르고

내가 할 수 있는 일이란 아무것도 없다

데이비드 보위는 만들어놓은 노랫말에 어울리도록 작곡했고 제목을 〈스페이스 오디티〉라 붙였다. '우주괴짜' 정도로 해석될 수 있는 〈스페이스 오디티〉는 데이비드 보위의 예상대로 많은 사람들이 좋아해줬다.

문학으로 덕질하다 | 뱀파이어 소녀

소설가 1968~

린드크비스트

작가노트 _ 영미권 작가에 익숙한 우리에게 스웨덴 작가 린드크비스트는 생소하다. 내가 그를 알게 된 것은 장르소설 『렛미인』을 통해서다. 소설을 읽는 동안 이 천재적인 스토리텔러에게 흠뻑 빠져버렸다. 강렬한 호기심이 발동한 나는 그에 대해 좀 더 알고 싶어졌다. 그런데 소설의 내용도 내용이지만 더욱 매력적이었던 건 그의 이력이다. 무시무시하고 환상적인 존재가 되고 싶어서 10대 시절부터 거리 마술쇼를 했고 이후로 스탠드업 코미디언, 텔레비전 코미디쇼 작가와 드라마 작가도 했다고 한다. 당연히 그가 경험했던 많은 것들이 『렛미인』에 반영되어 이 특별하기 그지없는 판타지소설을 완성했을 것이다.
린드크비스트를 알게 된 지 10년이 지난 작년 겨울 나는 다시금 그 이름을 미디어에서 접하게 되었는데, 그의 단편소설 「경계선」이 영화화되어 칸영화제에서 '주목할 만한 시선' 대상을 받았다는 뉴스였다. 그 책도 읽고 싶었지만 국내출판이 되어있지 않아 영화 관람으로만 만족해야 했다. 후각으로 타인의 감정을 읽어내는 여인 티나가 주인공으로 등장하는 이 작품 역시 괴상하고 유니크하다.

뱀파이어 소녀

린드크비스트의 소설 『렛미인』은 주인공들이 마을을 빠져나가는 1981년에 끝나지만 『렛미인』을 바탕으로 하여 집필한 스마트소설 「뱀파이어 소녀」는 원작이 끝나는 지점에서 200년 후를 현재시점으로 설정했다. 그리고 나 또한 원작처럼 날짜별로 나눠서 서술하는 방식을 채택했다. 그렇긴 해도 『렛미인』과는 달리 2181-1981—1987—2004—2181년 이런 식으로 이야기를 전개시킴으로써 원작과 차이를 뒀다. 독자들이 원작의 줄거리를 알고 있다는 전제 하에서 썼기 때문에 『렛미인』을 아직 접하지 않았다면 독해가 어려울 수도 있겠다. 「뱀파이어 소녀」는 작가 린드크비스트가 아닌 『렛미인』에 등장하는 두 주인공 엘리와 오스카르를 중심으로 플롯을 짰으나 린드크비스트도 이 스마트소설에 짧게 등장하기는 한다.

참고로, 『렛미인』은 스웨덴 현지에서는 2004년, 국내에서는 2009년에 출판되었다.

뱀파이어 소녀

— 2181년 12월 31일

엘리와 오스카르는 사라지기로 최종 결정했다. 결심하기까지 갈등이 없지 않았으나 계속 이런 방식으로 목숨을 이어갈 수는 없는 노릇이었다. 먼저 결단을 내린 자는 엘리였다. 언제나 그러했듯 이 문제에 있어서도 엘리는 주도적으로 행동했다. 그녀는 강하고 생각이 깊은 자였다. 또한 변함없이 내내, 숨 막히게 아름다운 소녀였다.

엘리는 먼먼 옛날 그러니까 2백 년 전인 1981년에 연로한 남자 호칸과 함께 당시 열두살이던 오스카르의 옆집으로 이사 왔다. 그날로부터 모든 게 시작되었다. 흡혈에 의지해서 살아가는 엘리의 정체를 알아차리고도 오스카르는 크게 놀라지 않았으며 자신의 실제나이가 220살이라는 소녀의 믿기 힘든 고백에도 별다른 반응을 보이지 않았다. 오스카르에게 엘리는 그저 눈에 보이는대로 열두살 소녀로만 생각되었다. 공포소설 마니아인 오스카르의 평소 상상력이 이보다 훨씬 더 수위가 높았기 때문일 수 있다. 그 시절 엘리는 빛이 사라지면 오스카르를 찾아오곤 했다.

자신들의 존재를 없애기로 합의한 후 오스카르와 엘리는 나란히 침대에 누웠고 마지막으로 긴 입맞춤을 했다. 엘리가 리모컨 버튼을 누르자 암막커튼이 스르륵 양쪽으로 갈라졌고 찬란한 빛이 한꺼번에 쏟아져 들어왔다. 엘리와 오스카르는 사력을 다해 서로를 부둥켜안았다. 햇빛은 수천 수만 개의 바늘이 되어 두 육신을 찔러댔다. 펄펄 끓는 물을 양동이 째 퍼붓는 것 같았다. 살갗이 타들어갔다. 둘은 두 개의 불꽃으로 타올랐다. 두 불덩이는 하나로 합쳐졌고 곧이어 펑, 소리와 함께 터져버렸다. 햇빛은 이들 종족에게 그런 존재였다.

— 1981년 10월 22일~11월 13일*

창백한 얼굴에 커다란 눈을 한 여자아이는 베일같이 검은 머리칼을 드리우고 있었다. 오스카르는 생각했다. 내가 상상할 수 있는 한 가장 예쁜 얼굴이구나! 그렇지만 좀 이상해 보이잖아, 라고. 여자아이는 정글짐 위에 서있었으며, 불면 날아갈 것 같은 앙상한 몸 위로 얇은 분홍색 스웨터 하나를 걸치고 있었다.

"너, 종이인형 같아."

"나한테 뭐라고 했니?"

여자아이가 폴짝 뛰어내렸다. 바람이 오스카르의 뺨을

살짝 건드리고는 달아났다. 가까이 보니 아이의 검은머리는 떡이 져있었고 코를 틀어막아야할 정도로 역한 냄새가 났다. '오래 전부터 쭉 열두 살'이라고 자신을 소개한 여자아이 엘리는 그렇게 '진짜' 열두 살짜리 소년 오스카르의 삶 속으로 들어왔고, 이후로 소년의 일상은 자신이 즐겨 읽던 공포소설만큼이나 핏빛 호러판타지물로 변했다.

그날로부터 약 3주 후인 11월 13일 엘리가 마을을 떠나지 않으면 안 될 급박한 상황에 처하자 오스카르도 함께 갔다. 햇빛이 자취를 감출 무렵 이윽고 그들은 길을 나섰고 야간열차에 몸을 실었다.

— 1987년 9월 2일 오전

둘이 함께 한 지 6년째 되던 날이자 자신의 열여덟 살 생일이던 1987년 9월 2일 오전, 오스카르는 한 묶음의 소포를 우송했다. 익명으로 보낸 소포는 1981년 10월 22일부터 11월 13일까지 오스카르가 마을에서 겪었던 일을 정리한 노트였다. 어쩐지 기록으로 남겨야 할 것 같아서 긴 세월에 걸쳐 조금씩 작업해 둔 것이다. 수취인은 예전에 오스카르와 이웃하여 살던 소설가 욘 아이비데 린드크비스트였다. 그에게 노트를 보낸 이유는 다른 누구보다 장르소설을 잘 쓰는 작가라는 확신 때문이다. 아직 마을에 살고 있었을 때 오스카르는 그가 숲속 벤치에 앉아 책 읽는 모습을 종종 보곤 했는데, 그 모습이 참 보기에 좋았었다.

— 1987년 9월 2일 오후

우체국에서 돌아온 오스카르는 자신이 마땅히 수행해야 할 의무 하나를 완수한 느낌이었다. 마음이 한결 편해진 그가 엘리를 향해 선언했다.

"나도, 너와 같은 종족이, 되기로 했어."

엘리는 말리지 않았다. 언젠가는 이런 날이 오리라는 걸 예측하고 있었다. 처음 있는 일도 아니었다. 2백년 넘게 살아오는 동안 헤아릴 수 없이 많이 일어났던 일이다. 엘리 주변에 머물다 간 많은 소년들이 한결같이 바라던 삶이기도 했다. 그러나 그들은 뱀파이어로 변한 후로는 또 하나같이 스스로 목숨을 끊었다. 엘리를 사랑한 나머지 그녀와 함께 하기 위해 인간이기를 포기했지만 차마 흡혈의 생을 지속할 자신이 없었던 거다. 단 한 사람 호칸은 달랐다. 그는 끝내 인간으로 살다가 인간으로 죽었다. 일생을 통해 수혈공급책으로서 엘리를 섬겼다. 그러나 결코 행복하지 못했다. 호칸의 불행은 노인이 되어서도 엘리에 대한 사랑을 멈출 수 없었다는 데에 기인했다. 그는 엘리 곁에 머물던 수많은 어린 소년들을 질투했다. 어쩌면 누구보다도 엘리를 가장 사랑했던 사람이었을 것이다. 그러했기에 자신의 목을 엘리의 송곳니 아래 기꺼이 대줄 수 있었을 것이다.

오스카르는 호칸처럼 살고 싶지는 않았다. 노인이 된 자신의 모습 따위 상상조차 하기 싫었다. 영원히 현재 상태

그대로이고 싶었다. 엘리가 다른 어린 소년을 찾아가는 상황 또한 견딜 수 없을 것 같았다. 오스카르는 인간의 삶을 단호히 포기하고 흡혈족의 길을 택했다.

— 2004년

오스카르의 예견은 들어맞았다. 욘 아이비데 린드크비스트가 오스카르의 노트를 토대로 훌륭한 작품을 만들어냈으니까. 소포를 보낸 시기로부터 무려 17년이나 흐른 2004년에 이르러서야 출판되었지만 반응은 폭발적이었다. 소설 출간까지 기간이 많이 걸린 이유는 이야기가 너무 괴상하다는 이유로 여덟 군데나 되는 출판사로부터 모두 거절 당했기 때문이다.

— 2004년 이후

소설이 출간된 후로도 오스카르의 삶은 여전히 스릴러물이었으며 이 또한 노트에 기록했다. 그러나 누군가에게 보내지는 않았다. 이번에도 린드크비스트에게 보내야 하는 것인지 혹은 다른 작가에게 보내야 하는 것인지, 다른 작가를 선택해야 한다면 그게 누구인지 등에 대해서 알지 못했기 때문이다. 어느 시기인가부터 오스카르는 더 이상 공포소설을 읽지 않고 있었으니 최신정보에 어두운 건 당연한 일이었다.

— 2181년 12월 31일

1987년 이래로 내내 열여덟 소년이었지만 실은 212살인 오스카르와 열두 살쯤에 머물러 있었지만 사실은 420살이던 아름다운 소녀 엘리, 그들은 자신들을 불살라 스스로 세상에서 물러났다. 우리 인간들은 이들 종족을 뱀파이어 혹은 흡혈귀라 부른다.

*독자들의 이해를 돕기 위해 소설 『렛미인』을 극히 짧게 추린 부분

문학으로 덕질하다 | 집사 애인

샤를 보들레르

시인 1821~1867

작가노트 _ 보들레르의 산문집 『파리의 우울』을 읽던 중 '(……) 나는 아름다운 암고양이, 펠린—정말 잘 지어진 이름이다. 이 고양이는 그의 성(性)의 자랑인 동시에 내 가슴의 자랑이며 내 정신의 향기와도 같다(민음사, 2003, 95p).' 부분에서 보들레르가 기르던 고양이 이름이 펠린이라는 사실을 알게 되었다. 그러지 않아도 고양이 소설을 한번 써볼 참이었기에 펠린을 이 스

마트소설 「집사 애인」 속으로 불러들여 보았다(현생 이름은 밍밍이로 설정).

실은 내 가까이에도 몇 마리의 고양이가 있다. 비록 털끝 하나 허락하지 않는 경계심 많은 길고양들이지만 내가 제공하는 사료는 늘 깨끗이 비우고 간다. 만일 내가 고양이라는 존재에 관심이 없었더라면 보들레르가 기르던 고양이 이름이 펠린이라는 것을 기억하고 있을 턱이 없다.

집사 애인

집사 애인

펠린은 방에서 가장 양지 바른 장소에 자리잡고 있다. 펠린은 비스듬히 누워서 털을 고르고 있다. 외모를 아름답게 가꾸는 것은 암고양이에게 중요한 일 중 하나이지만 도무지 집중할 수 없는 이유는 허기 때문이다. 제아무리 치장을 좋아하는 펠린이라도 무엇보다 우선하는 것은 배불리 먹는 일이다. 사료봉지가 들어있는 수납장을 열어보려고 안간힘을 썼으나 끝내 성공하지 못했다. 이럴 때 펠린은 숙명처럼 감수해야 하는 짐승의 한계에 서글픔을 느낀다. 인간처럼 손과 발을 자유자재로 움직일 수 있다면 얼마나 좋을까. 펠린은 한숨을 내쉰다.

더 이상 참을 수 없을 지경에 이르자 펠린은 집사의 침대 위로 훌쩍 뛰어오른다. 밥을 얻어먹자면 집사를 깨우는 수 밖에는 다른 도리가 없다. 펠린은, 집사가 찹쌀떡이라고 부르는 자신의 하얀 앞발로 집사의 이마를 톡톡 건드린다. 반응이 없자 쓰다듬어보기도 한다. 그래도 깨어날 줄을 모르자 이번에는 분홍빛 코를 집사의 뺨에 대고 문지른다. 발톱을 꺼내 자극하면 쉽게 해결되겠지만 이는 반려인에 대한 예의가 아니다. 펠린은 까끌까끌한 혓바닥으로 집사의 얼굴을 핥아보기도 한다. 이래도 안 일어날 테냐 집사

야. 나 배고프다옹.

집사의 직업은 사진가다. 프리랜서로 일하는 그의 수입이 어느 정도인지 알 수 없지만 질 좋은 사료는 물론이려니와 연어나 가다랑어 파우치 같은 간식도 시시때때로 제공해주는 걸로 봐서는 제법 벌고 있는 모양이라고 펠린은 생각하고 있다. 아, 얼마 전에는 너덜너덜해진 캣타워도 새것으로 갈아줬다. 고마운 일이다.

집사가 새벽녘에야 겨우 잠들었다는 걸 펠린은 잘 알고 있다. 그래서 좀 더 자야 마땅하다는 것 또한 인정하지만 배곯고 있는 반려묘 입장도 고려해주면 좋겠다.

집사 깨우기를 포기한 펠린이 침대에서 훌쩍 뛰어내린다. 다른 때 같으면 기분 좋게 수행해야 할 점프지만 지금은 그렇지 않다. 비어있는 위장이 출렁이니 괴롭기만 하다. 펠린은 다시 양지바른 곳으로 돌아가 몸을 누인다. 발톱 하나 까딱할 수 없을 지경으로 기운이 없다.

160여 년 전, 그 이도 나를 굶긴 적이 있었지. 딱 한 차례였지만 그 한 번이 그와 나를 영영 갈라놓고 말았어. 청회색 눈을 깜빡이며 펠린은 어느 한 사람을 떠올린다. 전생의 인연이었던 이, 그 이름을 입속에서 굴려보는 것만으로도 아이스크림처럼 녹아 내리는 스위트 했던 사람, 샤를 보들레르. 그렇다. 펠린이 기억에서 건져 올린 사람은 시인 보들레르다. 그는 전생에 펠린의 집사였다.

펠린은 보들레르를 집사로 거느리며 더없이 충만한 묘생을 보냈다. 현생의 모습과는 사뭇 다르게 전생의 펠린은 금속과 마노 섞인* 눈에다 윤기 있는 황금빛 갈색 털을 지닌 매력적인 고양이였다. 보들레르는 펠린의 날카로운 발톱과 째져 올라간 눈을 아름답다고 칭송하면서 펠린을 모델 삼아 여러 편의 시를 썼다. 자신의 집사로부터 시를 헌정 받는 고양이가 펠린 말고 세상 어디에 또 있을까.

펠린은 보들레르가 지은 고양이 시들을 잊지 않고 있다.

> 머리끝에서 발끝까지
> 미묘한 기운, 위험한 향기
> 그녀 갈색 몸 주위를 감돈다**

위의 시 「고양이」를 지을 때 보들레르는 잔 뒤발과 열렬히 연애 중이었다. 잔 뒤발은 검은 비너스라 불리던 이국적인 혼혈여인으로, 보들레르는 곧잘 시를 통해 그녀의 묵직한 타래머리와 육감적인 육체를 찬미했다. 이는 펠린으로 하여금 질투심을 불러일으키게 만들었고 따라서 펠린은 자신에 대한 보들레르의 사랑을 잔 뒤발의 그것과 종종 비교하며 저울질했다.

보들레르는 잔 뒤발을 격렬하게 사랑했으나 그녀의 마음은 보들레르와 같지 않았던 것 같다. 잔 뒤발은 보들레르를 애태우는 악취미를 가지고 있었다. 그럼에도 보들레르는 '잔 뒤발은 나의 유일한 위안이며 쾌락이고 친구'라고 공공연히 말할 정도로 그녀에게서 평생 벗어나지 못했다.

잔 뒤발은 보들레르가 부재했던 어느 날 펠린을 거리로 쫓아내고 대신 개를 들여놓는 위악을 부리기도 했다. 보들레르에게 고통을 주기 위한 목적이었다지만 펠린은 그녀의 변명을 믿지 않았다. 자신의 아름다운 눈과 윤기나는 털을 질투한 거라 믿어 의심치 않았다.

잔 뒤발로부터 어이없이 내동댕이쳐진 그날 펠린은 종일 두려움에 떨어야 했다. 병든 길고양이와 맞닥뜨렸을 때엔 더욱 그랬다. 그 늙은 고양이는 지독한 냄새를 풍겼으며 진드기가 바글대는 귀를 가졌고 백태 낀 눈에서는 진물이 흘러내렸다. 이대로 영영 버려지게 되면 펠린이라고 그리 되지 말란 법이 없었다. 상상만으로도 끔찍했다.

뒤늦게야 펠린이 사라진 걸 알게 된 보들레르는 사색이 되어 거리를 헤맸다.

"펠린!"

보들레르의 목소리가 울려 퍼졌다. 펠린은 결코 멀리 있지 않았으나 일부러 모습을 드러내지 않았다. 펠린도 잔 뒤발처럼 보들레르를 애태우고 싶었던 것이고 집사의 자신에 대한 사랑의 깊이를 실험해보고 싶었다.

펠린을 찾지 못한 보들레르는 머리가 산발이 되고 윗옷이 다 풀어헤쳐진 모습으로 돌아왔다. 그 모습을 목격하자 집 부근에서 배회하던, 아니 실은 보들레르를 기다리고 있던 펠린의 마음이 찢어질듯 아팠다.

"오, 나의 집사여!"

더 이상 가엾은 집사를 괴롭힐 수 없었던 펠린은 달려 나가서 와락 그의 품에 안겼다. 이날 보들레르는 펠린을 위한 작품을 또 하나 창조했다. 펠린에 대한 찬양으로 가득 찬 시였다.

> 오직 네 목소리뿐, 신비한 고양이여
> 천사 고양이, 기이한 고양이여
> 천사에게서인 듯
> 모든 게 미묘하고 조화로워!***

펠린이라는 이름은 보들레르가 직접 지었다. 그러나 펠린의 전생을 알 리 없는 현생의 집사는 펠린을 밍밍이라 작명하여 부르고 있다.

현생의 펠린은 종종 거울에 자신의 모습을 비쳐보기도 하는데, 그때마다 불만스러운 나머지 외친다. 왜 지금의 나는 황금빛 도는 갈색 고양이가 아닌가. 어째서 내 눈은 전생의 그것처럼 금속과 마노 섞인 아름다운 눈이 아닌가!

밤낮없이 시를 쓰는 시인과 살다 보니 펠린도 어느덧 풍

월을 읊는 고양이가 되어 짧은 시를 짓기도 했다.

당신은 나의 태양, 나의 기쁨
나는 당신의 주인님이며 애인이지

제목은 「집사 애인」이라 붙였다. 보들레르는 펠린이 시 짓는 고양이라는 사실을 알지 못했다. 펠린은 자신에게 생겨난 능력을 널리 자랑하고 싶었지만 인간과 고양이 간의 언어가 다르니 가능한 일이 아니었다. 그러다 뭔지 모르게 특이했던 어느 여름날의 저녁 무렵, 펠린과 보들레르 사이에 일시적이나마 소통이 이뤄진 적이 있었다. 무슨 일인가로 잔 뒤발과 보들레르가 크게 다퉜고 분을 삭이지 못한 그녀가 집을 뛰쳐나간 바로 그날이었다. 실망에 잠겨있는 보들레르를 위로하기 위해 펠린이 그의 무릎 위로 올라갔다. 탐스런 꼬리를 한껏 위로 치켜들고는 골골송을 불렀다.

"갸르릉 갸릉 갸르릉."

그러다 문득 말했다.

"이봐 집사야. 나는 온순한 집고양이이지만 네 애인은 날카로운 발톱을 가진 거친 길고양이 같아."

"네 말이 맞아 펠린. 잔 뒤발은 앙칼지고 성질 더러운 길고양이 같구나."

"하지만 당신은 못된 그녀를 사랑하는 거지?"

"성질이 날카롭지만 그녀는 모래처럼 까칠한 혀로 내 상처를 핥아주지. 그것에서 나는 위안을 받아."

펠린은 이 부분에서 조금 약이 올랐다. 그래서 짐짓 으스대듯 말했다.

"집사야. 『악의 꽃』에 수록된 시들은 대부분 고통스럽고 처절한 내용이지만 나를 노래한 고양이 시만큼은 완연하게 다르잖아? 유혹적이면서 감각적이야. 나를 향한 집사의 마음이 고스란히 담겨있다고 생각해."

"펠린. 네가 오해하고 있구나. 나는 여성들을 빗대어 곧잘 고양이 시를 쓰곤 해. 고양이가 등장한다고 해서 반드시 네가 모델이 아니란 걸 알아야 해."

"그렇다면 내가 제일 좋아하는 그 시 구절도 나를 위한 묘사가 아니었던 거야?"

"그게 뭐였지?"

"내 떨리는 손가락을 네 묵직한 갈기 깊숙한 곳에/오래오래 파묻고 싶다.****"

펠린의 시 암송이 끝나자마자 보들레르가 어이없다는 듯 크게 소리 내어 웃었다. 펠린은 자존심이 상했으며 즉각 토라졌다. 더 이상은 보들레르의 무릎고양이로 있고 싶지 않았다. 이따위 재롱이 다 무슨 소용이람! 펠린은 그의 무릎을 벗어나 널따란 창 아래에 자리 잡고는 식빵자세*****를 취했다. 보들레르를 향해 반짝이던 아름다운 눈은 사랑 대신 원망으로 채워졌다. 거짓말이라도 좋으니, 너 펠린을 위해 지은 거라고 말해주면 안 되었을까. 눈물이 삐져나올 만큼이나 서운했으며 잔 뒤발을 향한 질투가 온몸을 휘감았다.

"잔 뒤발이 어떤 여자인 줄 알기나 해? 누군가가 돈을 준다고 하면 당신이 밤새 쓴 원고뭉치도 불 속에 던져버릴 천박한 여자라고. 쳇."

그러나 펠린의 푸념은 허공중에 흩어져서 사라졌다. 하필이면 바로 이때 술에 취한 잔 뒤발이 요란한 노래 소리와 함께 귀가했기 때문이다. 보들레르는 총알처럼 튀어나가 연인을 부축했고 광인과도 같은 몸짓으로 그녀의 온몸에 키스를 퍼부었다. 두 사람은 다시금 사랑의 맹세를 했으며 부둥켜안다시피 꼭 붙어서 밖으로 나갔다.

두 사람은 사흘내리 들어오지 않았다. 평소라면 장기간 집을 비우게 될 경우 식량을 넉넉히 준비해놓고 나가던 보들레르지만 이번에는 애인에게 열중하느라 펠린 따위 안중에도 없었다.

허기를 견딜 수 없었던 펠린은 나흘 째 되는 날 담을 넘었다. 그녀는 거리에 뒹구는 더러운 음식으로 배를 채워야 했다. 자존심이 허락하지 않았지만 하는 수 없는 일이었다. 조금이라도 위장이 채워지면 집에 들어갈 생각이었다. 그러나 포악하기로 유명한 깡패 고양이에게 걸려들고 말았다. 집고양이로 연약하게 자란 펠린은 자신없는 하악질을 몇 번 시도했을 뿐 발톱 한번 세워보지 못하고 속절없이 당했다.

시인이 노래하던 갈색 털이 뭉텅 뽑혀나갔다. 펠린은 자신의 몸에서 흘러내린 피가 길을 적시는 걸 목도해야 했다. 참으로 무서운 일이었다. 숨이 멎기까지는 오랜 시간이 걸리지 않았다. 펠린은 마지막 숨을 몰아쉬면서 단 한 사람, 보들레르를 떠올렸다. 그를 향한 사랑으로 몸을 떨었지만 그에 대한 증오도 함께 불같이 타올랐다. 그 사람으로 인해 행복한 묘생을 살았지만 또한 비참한 지경으로 내몬 자도 다름 아닌 그였으므로.

펠린은 현생에서도 고양이로 태어나게 되었고 마찬가지로 예술가를 집사로 삼게 되었다.

오랜 회상을 끝낸 펠린이 집사의 침대 위로 다시 폴짝 뛰어 올라간다.

"집사야. 밥 줘."

펠린은 집사의 배 위에 자리 잡고는 솜방망이 같은 새하얀 앞발로 그의 콧잔등을 간질인다. 펠린의 발등을 뒤덮고 있는 보송보송한 털들이 집사의 들숨날숨에 살짝살짝 흔들린다.

이윽고 집사가 졸음기 가득한 눈을 뜨자 펠린은 뛸 듯이 기쁘다. 집사가 하품을 길게 하면서 펠린의 등을 부드럽게 쓰다듬는다. 펠린은 그의 손길에 기분이 좋아서 절로 콧노래가 나온다.

"밍밍아. 배고파?"

펠린이 그렇다는 의미로 냥, 짧게 대답한다.

집사는 펠린을 끌어안고서 침대 밑으로 내려선다. 그가 수납장을 열자 맛있는 냄새가 코를 찌른다. 집사가 건식사료를 한 움큼 퍼내어 펠린의 전용밥그릇 가득 담는다. 펠린의 콧등이 움찔움찔 두어 차례 쫑긋댄다. 긴 혀를 내밀어 입맛을 다신다. 더는 참을 수 없을 지경에 이르자 몸을 뒤틀어 집사의 품을 빠져나온다. 펠린은 지체 없이 그릇에 코를 박는다.

"까드득 까드득."

사료 부셔지는 소리가 리드미컬하다. 세상에 존재하는 어느 악기가 이 보다 더 아름다운 소리를 낼 수 있을 것인가. 펠린은 밀려오는 행복감에 전율하면서 지그시 눈을 감는다.

*샤를 보들레르의 시 「고양이」 중에서

**『악의 꽃』, 샤를 보들레르, 밝은세상, 2004, 57p

***『악의 꽃』, 샤를 보들레르, 밝은세상, 2004, 73p

****『악의 꽃』, 샤를 보들레르, 밝은세상, 2004, 138p

*****네 발을 모두 몸 안으로 집어넣고 동그랗게 웅크리고 앉아있는 자세. 고양이가 이런 자세를 취하면 마치 빵 한 덩이가 연상되기 때문에 붙여졌다. 외국에서는 이런 자세를 로핑(loafing, 빵)이라 부른다.

알렉산더 맥퀸

패션디자이너 1969~2010

작가노트 _ 악동 이미지를 갖고 있는 알렉산더 맥퀸은 내가 좋아하던 패션디자이너였다. 독창적이고 실험적이며 선동적이고 전위적이며 파격적이기도 했던 모든 요소가 나를 그의 패션세계로 이끌었다. 그의 컬렉션은 단순히 옷만을 위한 쇼가 아니라 음악과 미술과 영화 등 모든 것이 통합된 설치미술이었다. 그의 컬렉션을 처음 접했을 때 그 광경은 내게 컬처 쇼크였다. 그를 좋아하던 어느 한때에는 런던이나 파리 등에서 그의 쇼를 직접 관람하면 얼마나 좋을까 염원한 적도 있다. 그러나 이제 알렉산더 맥퀸은 세상에 살고 있지 않으니 소용없는 일이 되고 말았다. 예전에도 그랬지만 지금도 영상으로밖에는 그의 컬렉션을 볼 수밖에 없는 입장인 것이다. 안타깝게도 인재가 너무 일찍 가버렸다.
이 스마트소설 「내가 책이다」는 알렉산더 맥퀸의 컬렉션 '희생자를 쫓는

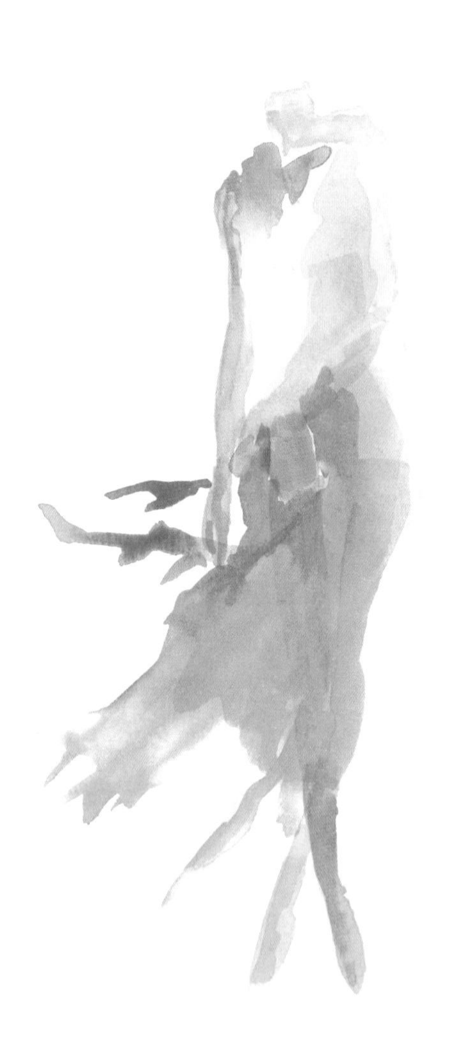

살인마 잭'에 착안하여 쓴 소설임을 밝힌다. 여기 등장하는 잭은 1888년 8월 31일부터 11월 9일에 걸쳐 영국 런던 화이트채플에서 잔혹하게 사람들을 죽인 실제 연쇄살인마다. 사건 이후 셜록 홈스로 대표되는

내 가 잭 이 다

추리물들이 인기를 끌면서 연쇄살인마 잭은 더욱 큰 관심을 받게 되며 만화, 뮤지컬, 영화, 게임 등의 단골소재로도 쓰이게 된다. 그러니까 나는 이 사건을 스마트소설로 만들었다고 할 수 있겠다.

내가 책이다

"뭐라고? 어디서 돼먹지 않은 이유를!"

수사관이 책상을 쾅 소리 나게 쳤어. 고막이 터지는 줄 알았지 뭐야 젠장.

"믿기 싫으면 말든가. 죗값을 받겠다잖아. 나는 아무런 불만이 없어요. 그냥 감방에 쳐 넣으라고요. 참 말도 많아요 글쎄."

더 이상 대꾸하기 싫어 눈을 질끈 감아버렸지.

돌아온 잭, 언제부터인가 사람들은 나를 이렇게 부르더라고. 나는 기꺼이 받아들였지. 아니 오히려 뛸 듯이 기뻐했다고 해야 하나? 세상을 떠들썩하게 만든 유명인사의 이름을 부여받았으니 어찌 기쁘지 않겠느냐고.

나는 어떤 사람을 찬양하고 싶어서, 그의 재능이 영원히 마르지 않기를 바라는 마음에서 범행을 시작했어. 오마주 성격을 띠었다는 얘기지. 영원히 기억하고 싶은 한 사람을 위한 충정에서 시작한 거라고. 그게 누구냐고? 바로 패션 디자이너 리 알렉산더 맥퀸이야. 그렇다고 내가 그와 아는 사이라거나 뭐 그런 건 아니야. 그를 실제로 대면한 적조차 없어. 아 아니군. 8년 전인 1992년 컬렉션에서 보기는 했네. 그는 런웨이에서 스포트라이트를 받고 있었고 나는 객석에 있었지. 수많은 관람객 중 하나에 불과했지만 어쨌든 내 입장에서는 실제로 보기는 한 거네.

당시 나는 센트럴 세인트 마틴스에서 패션을 전공하는 학생이었어. 알렉산더 맥퀸과 존 갈리아노 등이 여기 출신이라서 더더욱 유명해진 명문대학 말이야. 옷을 만들고 싶어 하는 사람이라면 국적을 막론하고 입학하고 싶어 하는 대학이지.

그날 즉 1992년 3월 16일 알렉산더 맥퀸이 선보인 패션쇼 테마는 '희생자들을 쫓는 살인마 잭'이었어. 쇼는 예상대로 파격적이었지. 그날을 나는 결코 잊지 못해. 태어나 처음으로 세상에서 가장 아름다운 옷들을 한꺼번에 본 날이거든. 알렉산더 맥퀸, 그의 옷은 폭력적이고 대담했으며 악의적이면서도 매력적이었어. 밑단이 찢겨나간 옷들과 실핏줄을 연상시키는 가늘고 붉은 천들, 살인마 잭의 소행으로 보이는 찢어진 스커트와 구멍 난 스타킹을 보면서 나는 흥분하지 않을 수 없었어. 안감을 사람의 머리칼로 장식한 검정코트가 등장했을 때엔 감정을 추스르기 힘들어 두 주먹을 꽉 쥐어야만 했지. 피처럼 빨간색을 덧대서 살육의 현장처럼 보이게 만든 발상은 더더욱 마음에 들었어.

그러니까 그 수상쩍은 옷들은 살인마 잭에게 희생된 피해자를 암시하는 거였어.

"더 찢어야지, 갈가리 찢어발겼어야지."

신음처럼 내뱉는 중얼거림에 옆자리 관객이 내 쪽을 흘금거리더군.

퇴폐적이며 격렬하고 선정적인 패션쇼에 관객들은 경악하거나 혹은 찬미했고 미디어는 흥분했어. 혹평과 호평으로 극명하게 갈렸지.

혹시 모를까봐 짧게 설명할게. 잭은 1888년 런던에 등장했던 악명 높은 연쇄살인마야. 매춘부들만 골라서 범행을 저질렀다는데, 살인범으로 특정할 만한 인물도 찾아내지 못한 채 영구미제사건으로 남아버렸다고 해. 그러니까 잭은 범인의 실제 이름이 아니고 어쩌다 그렇게 불리게 된 것이라는 얘기. 외과수술용 칼로 범행을 저지르다 보니 면도날 잭, 칼잡이 잭 혹은 찢는 자 잭 등으로도 불렸다고 해. 우리 영국인이라면 누구나 알고 있는 옛날이야기 같은 거야.

다시 패션쇼 당시로 돌아갈게. 쇼가 끝나고 모델들이 백스테이지로 사라지자 알렉산더 맥퀸이 모습을 드러냈지. 쇼를 마치게 되면 통상적으로 디자이너가 나와서 인사하고 들어가는 게 이 바닥의 관례거든. 알렉산더 맥퀸은 영리한 스타일로 보이지는 않더라고. 아랫배가 나와 있었고 돌출 입이었으며 뚱보 스타일이었어. 장난기 깃들인 얼굴은 다소간 악동 같은 느낌이었는데, 나는 그게 참 좋더라고. 외모가 어떠하든 중요한 건 이제 겨우 스물세 살짜리가 그렇게 놀라운, 세상에 없던 전혀 새로운 독창적인 옷을 만들어냈다는 사실 아니겠어? 천재란 말을 나는 좋아하지 않는 편이지만 소리치고 싶더라고. 당신은 진정 천재야!

알렉산더 맥퀸의 창의력은 마르지 않는 샘과도 같았어. 해마다 런던패션위크에서 그의 인기는 최고였지. 파리와 런던 두 패션무대를 오가며 종횡무진 활동했어. 그는 순식간에 백만장자가 되었는데, 돈이 많다고 다 좋은 건 아니더라고. 왜냐하면 이후 그는 마약의 지배아래 놓이게 되었거든.

나는…… 음 아쉽게도 잘되지 못했어. 귀찮으니까 그냥 결론만 말할게. 졸업 후 패션디자이너로 활동하기는 했지만 폭삭 망해서 빚더미에 올랐으며, 정부에서 주는 실업수당으로 연명하는 신세가 돼버렸어. 그렇다고 불행하다는 생각은 들지 않더라고. 언젠가는 잘될 거라는 희망을 가지고 있었기 때문이야. 정부지원금은 굶지 말고 최소한 먹고는 살라고 주는 것이지만 나는 그 돈으로 배를 채우기 보다는 다른 데에다 유용했어. 뭐 나쁜 짓을 했다는 애기는 아니야. 천을 끊어다가 옷 만드는 데다 썼어. 사실 이건 불법이거든. 가게가 없다보니 행거에 걸어놓고 거리에서 팔았지만 나는 내 옷에 자부심을 갖고 있었지. 운이 따르지 않아 그랬지 내 재능을 알아보는 명망가에게 발탁되었다면 나도 성공가도를 달리지 않았을까? 나, 이래 뵈도 세인트 마틴스에서 굉장히 촉망받는 학생이었거든. 하지만 어쩌겠어. 세상은 내 뜻대로 흘러가주지 않더라고.

이제부터는 내가 어째서 '돌아온 책'이 되었는가에 대해 말해줄게.

어느 날이던가 내 눈을 의심할 만한 장면을 보게 되었어. 나의 우상 알렉산더 맥퀸이 완전히 변한 모습으로 미디어에 모습을 드러낸 거야. 몰라보게 날씬해진 그는 세련되고 멋진 남자로 탈바꿈해있었어. 장난기가 사라져버린 얼굴은 진지해 보였어. 내가, 아니 우리 모두가 좋아하던 특유의 모습을 더 이상 볼 수 없다는 건 아쉬운 일이었지. 왜인지 모르지만 슬프더라고. 외모의 변신이 과연 그가 원했던 일일까에 대해 나는 오래 생각했어(나는 참 오지랖도 넓지 뭐야). 그러고는 나름대로 결론을 내렸지. 알렉산더 맥퀸은 어쩌면 후진외모로 인해 영향력 있는 어떤 이로부터 큰 상처를 입었을지도 모른다는 그런 생각 말이야. 망할 놈의 외모지상주의.

누군가 그러더라고. 알렉산더 맥퀸이 지방흡입수술을 받을 당시 그는 패션계의 가장 사악한 면모 속에 살고 있었다고 말이야. 그때가 그의 인생 최악의 시기였다는 말도 들려왔어. 그는 자신의 수술에 대해 후회하고 있다고 공개적으로 말했고 달라진 외모로 인해 자기 자신이 누구인지 완전히 감을 잃었다고 했대. 아, 어찌나 눈물이 나던지.

그와 개인적으로 아는 사이도 아니니, 나로선 실제로 그에게 무슨 일이 생겼는지 알 턱이 없지만 이상하게도 불현듯 예전의 패션쇼 '희생자들을 쫓는 살인마 잭' 때의 기억이 소환되더라고. 전광석화처럼 내가 해야 할 일이 떠올랐어. 준비 작업에 돌입했지. 외과 수술용 칼을 구했고 그 옛날의 잭처럼 똑같이 다섯 번의 살인을 저질렀어. 오리지널 잭과 내가 다른 점이라면 그는 잡히지 않았지만 나는 쉽게 검거됐다는 점이야.

"다시 한 번 묻겠다. 살인 동기가 뭐라고?"

이놈의 수사관은 같은 얘기를 반복하는 게 습관인 것 같았어. 귀찮아 죽겠더라고. 묵비권을 행사할까 궁리하기도 했지만 선심을 베풀기로 했어. 그래 앵무새처럼 되풀이 말했지.

"알렉산더 맥퀸에 대한 사랑 때문에 한 일이라니까. 패션을 시작할 때의 초심을 잊지 말라는 의미가 담긴 숭고한 살인이란 말씀이야. 당신이 패션을 알아? 알 턱이 없지."

문학으로 덕질하다 | 파파라치 컷

에이미 와인하우스

싱어송라이터 1983~2011

작가노트 _ 에이미 와인하우스를 알게 되었을 때의 놀라움이란! 허스키한 음색, 풍부한 성량과 넘치는 소울감성 그리고 누구에게서도 볼 수 없었던 특이한 외모치장에 이르기까지 모든 면에서 이 가수는 나를 경탄케 만들었다. 그러나 안타깝게도 에이미 와인하우스는 재능은 대단했지만 그걸 컨트롤 할 힘은 부족했던 것 같다. 그렇지 않고서야 인생이 그렇게 흘러갈 수 없었다.
그녀에게는 늘 파파라치가 따라붙었다. 알다시피 파파라치란 유명인을 쫓아다니면서 사진이나 영상을 찍어 결과물을 남기는 사람 또는 직업을 뜻하는 용어다. 미국의 경우 알몸을 몰래 촬영한다거나 무단 침입 혹은 협박 등에 의한 것이 아니라면 합법적인 직업으로 인정하고 있다고 한다. 다이애나 왕세자비의 경우 파파라치를 피하려다 교통사고가 났고 그로 인해 사망에 이르렀다고 들었다. 이쯤 되면 파파라치를 정상적 직업으로 봐서는 안 될 것이라 여겨진다. 「파파라치 컷」은 그런 생각을 가지고 쓴 스마트소설이다.

파파라치 컷

파파라치 컷

— 헤이 에이미.

이메일은 이렇게 시작되고 있었다. 에이미 와인하우스는 습관적으로 이메일을 더블클릭하고 말았지만 금세 후회했다. 무심코 읽었다가 마음의 상처를 크게 입은 뒤로 메일함은 그녀에게 불편함의 대상이었다.

— 나는 파파라치 사진가야.

"파파라치라고?"

파파라치라는 단어만으로도 심박동이 빠르게 뛰었다. 역시 열지 말았어야 했다는 후회가 물밀듯이 들이닥쳤다. 에이미는 파파라치들이 선호하는 대표적인 연예인이었다. 돌출행동으로 인한 높은 상품성 때문이다.

— 얼마 전 인터넷 포털에서 큰 이슈가 됐던 파파라치 사진의 제공자는 나야. 고통 준 점, 미안하게 생각하고 있어.

에이미는 돌연 작업실에서 뛰쳐나갔다. 술을 마셔야겠다는 생각 외에는 다른 어떤 것도 떠오르지 않을 정도로 화가 치솟았다.

오전에 마시다 남겨놓은 와인이 있었다. 엄청난 자제력을 발휘해서 마시기를 멈췄지만 메일의 발신인이 문제의 사진을 찍은 바로 그 파파라치라는 데에야 더 이상 참기 힘들었다. 어쩌면 술 마실 핑계거리를 찾고 있었는지도 모른다. 에이미는 와인을 들이붓다시피 입속에 털어 넣었다.

에이미는 잘 알려진 바와 같이 알코올중독자였다. 재활치료 차 시설에 입원한 적도 있지만 그녀는 술 없이 살아가고 싶은 마음이 애당초 없던 사람이었다. 마시지 않고는 견딜 수 없는 일들이 세상에는 널리고 널렸다는 게 에이미의 입장이었고 알코올은 그녀에게 정서적인 도움을 제공하는 유일한 물질이었다. 술을 마시면 마음이 너그럽게 변했고 주변이 사랑스럽게 보였다. 그때의 느낌이 더할 수 없이 좋았다.

혈투라 해도 좋을 만한, 메일의 발신인이 촬영했다는 그 날의 장면은 삽시간에 인터넷을 달궜고 이 월드스타를 수치스럽게 만들었다. 예의 그 사진이 찍힌 날, 에이미와 그녀의 남자는 재즈공연장에 갈 요량이었다. 대문 앞에서 남자가 에이미의 카멜 담배에 불을 붙여줄 때만 해도 좋았다. 런던에서는 흔치 않은 화창한 날씨만큼이나 둘의 마음도 활짝 개어있었다. 하지만 얼마 지나지 않아 입씨름이 시작되었다. 가볍게 촉발된 언쟁은 에이미가 울음을 터뜨리는 걸 시작으로 심상치 않게 흘러갔다. 파파라치 그 여자는 그들을 엿보면서 카메라 뷰파인더에서 눈을 떼지 않았다. 검은 눈물이 에이미의 볼을 타고 흘러내린 순간과 그녀가 남자 쪽으로 바짝 다가선 시점과 손톱을 세운 행위는 동시다발적이었다. 에이미의 손톱은 상대편의 얼굴과 목 등을 사정없이 긁었다. 손톱이 할퀴고 간 자리마다 붉은 꽃잎이 피어났다. 핏방울은 남자의 옷에, 에이미의 신발에 뚝뚝 떨어져 내렸다. 물론 파파라치 그 여자는 초 단위로 찰칵 찰칵 연거푸 셔터를 눌렀다. 이 사진이 자신에게 큰돈을 안겨 주리라는 걸 그 여자는 직감적으로 알았다. 셔터소리는 어느 때보다 경쾌하고 아름다웠다.

— 그런데 에이미, 이것만큼은 기억해줘. 다른 이들의 사진은 몰라도 네 것만큼은 상업적으로 이용하고 싶지 않았어. 왜냐고? 나는 네 노래를 사랑하는 진짜 팬이거든. 네 사진을 돈과 맞바꾼 것은 맹세코 이번이 처음이야.

"진짜 팬이라면서 몰래 찍은 사진을 팔아먹다니 이건 너무 모순이구나."

에이미는 메일의 발신인을 한껏 비웃었다. 그 통에 입귀가 비틀려 올라갔다. 에이미는 이런 표정을 종종 짓곤 하는데 이는 세상에 널리 알려져 있는 모습으로, 그녀를 다소 우스꽝스럽게 혹은 실물보다 못나 보이게 만들었다.

에이미는 술잔 따위 필요 없다는 듯 와인 병 주둥이를 입에 대고 마셨다. 목울대가 꿈틀거렸다. 와인 중 일부는 미처 입 안으로 들어가지 못하고 턱을 타고 목으로, 셔츠 위로 흘러내리기도 했다.

— 사정이 있었어. 딸이 아파서 급전이 필요했거든. 아빠 없이 낳아 기른 다섯 살짜리 아이야. 언제나 애틋한 마음이 들던 아이지. 참 이건 중요한 얘기가 아니지만 나는 너와 동갑나기야.

이런 사람들의 패턴이란 빤하다. 주저리주저리 쓰고 있지만 결국은 거래를 제의해 올 것이다.

— 나는 네 사진을 많이 가지고 있어.

그러면 그렇지. 사진을 넘길 테니 돈 달라는 얘기겠지. 에이미는 몇 모금의 와인을 또다시 목으로 넘긴 다음 예의 그 표정을 지었다. 입 꼬리가 말려서 위로 올라갔고 그 바람에 입술이 찌그러졌다.

— 에이미. 실은 나 얼마 전까지만 해도 런던 캠든타운에 살았댔어. 네 동네 말이야. 아, 그곳에 집을 갖고 있는 건 아니야. 내가 그 정도로 돈이 많을 리 없잖아. 집주인 내외가 해외에 체류하게 되어 일정 기간 거주했을 뿐이야. 그들의 반려견 세 마리도 함께 돌봐주는 조건이었어. 혹시 오다가다 새하얀 사모예드 본 기억 있어?

에이미는 기억을 더듬었다. 사모예드와 어린 여자아이를 데리고 다니는 젊은 여성을 본 적이 있던가?

— 같은 동네에 산 덕에 너를 찍는 일은 식은 죽 먹듯 쉬웠어. 너와 나는 여러 번 스쳐 지났어. 그러나 너는 무신경하더라. 지극히 너다운 태도였다고 생각해.

"나 다운 태도라니. 자기가 날 얼마나 안다고!"

에이미는 와인렉에서 새 와인병을 집어 들었고 코르크마개를 개봉했다.

— 캠든타운의 한 음식점에서 너와 한 공간에 있었던 적도 있어. 특별한 조명도 없는 작고 소박한 곳이었지. 안 그래도 네 자리를 흘낏대던 중이었는데, 네가 갑자기 벌떡 일어나는 통에 얼마나 놀랐던지. 너는 큰소리로 말했어. "내가 좋아하는 깁슨 기타는 아니지만 여기 기타가 있으니 나는 노래를 할 수밖에 없어요" 라고 했던가. 여기저기에서 낮은 탄성이 터져 나왔지. 왜 아니겠어. 네 공연을 보러 가려면 적잖은 돈을 지불해야 하잖아. 너는 그날 우리를 행복하게 해줬어.

에이미도 기억하고 있는 날이다. 흔한 일반 식당이었다. 식사를 하던 중 즉흥적으로 벌인 일이었다. 노래를 부르지 않고는 견딜 수 없는 어떤 순간이 있는데, 그때가 그랬다.

— 당시만 해도 내 아이는 건강했어. 아니 이미 병들어 있었겠지만 내가 알아차리지 못한 거야. 나는 돈벌이에만 급급했어. 딴에는 아이를 잘 키우고 싶어 그랬던 건데 정작 아이의 건강에는 소홀했던 바보 엄마였던 거지. 아이가 병에 걸린 게 내 탓인 것 같아서 가슴이 아파. 참 그러고 보니 네 인터뷰를 읽은 기억이 난다. 쌍둥이를 포함한 다섯 명의 아기와 행복한 아내로 살고 싶다고 했던가. 나는 이미 글러버린 인생이지만 너는 소망 이루며 살길 바라.

에이미는 자기감정을 솔직하게 드러내는 연예인으로 유명했다. 신체접촉을 해 오거나 공들여 부풀려놓은 머리칼에 누군가가 손을 대면 가만히 있지 않았다. 그 누군가가 팬이라 해도 가차없었다. 또한 내키면 눈치 보지 않고 언제 어디서든 술을 들이켰다.

에이미가 남자친구를 처음 만난 곳도 캠든의 한 술집이었다. 남자가 애인이 있다고 솔직히 말했음에도 에이미의 남자를 향한 열정은 제어되지 않았다. 그녀는 지독한 사랑의 열병을 앓게 되었다. 그 결과로 탄생한 노래가 〈백 투 블랙〉이다. 이 노래는 '우린 단지 말로 안녕이라고 했지/나는 백번을 죽었어/너는 그녀에게로 돌아가고/나는 어둠으로 돌아간다'는 내용의 가사를 담고 있는 애절하고 슬픈 노래로, 에이미 와인하우스는 이 곡으로 2008년 그래미 4관왕이 된다.

— 문제의 네 사진을 판매한 대가로 충분한 돈을 손에 쥐었음에도 끝내 내 딸을 구할 수 없었어. 의사 말이, 너무 늦게 왔다고 하더라. 양심을 저버리면서까지 파렴치한 일을 강행했음에도 좋은 결과를 얻지 못한 거야. 나는 지금 말할 수 없이 비참해. 이제 네 사진파일 일체를 너한테 전송하려고 해. 버리든 간직하든 알아서 처리해. 아마 내 아이가 투병중이라면, 그래서 계속 병원비가 필요했더라면 이것들 역시 돈과 맞바꾸고 있을 테지. 아 걱정 마. 원본도 삭제할 테니까. 네 마음을 아프게 했던 일을 떠올릴 때마

다 나는 지금도 죄책감에 시달려. 미안해.

메일을 읽는 동안 에이미의 마음이 조금씩 누그러지기 시작했다. 아이를 잃었다니 동정심도 생겼다.

— 너는 특히 캠든마켓 한 구석에 자리하고 있는 홀리암스를 즐겨 찾았지. 와인 빛 외관을 한 오래된 펍 말이야. 네 단골집이 되면서 런던의 명소가 되었잖아. 홀리암스는 나도 좋아하는 펍이지만 이제는 가기 힘들 것 같아. 어둠이 내리면 각종 라이브 공연이 열리는 그 거리를 정말이지 사랑하지만 나는 더 이상 캠든에 살지 않거든. 굿 믹서랑 더블린 캐슬 같은 술집들이 벌써 그립다. 너는 언제던가 내게 윙크를 한 적도 있었어. 어찌나 설레던지! 물론 너는 기억에 없을 테지. 그날도 너는 잔뜩 취해 있었거든.

"내가 모르는 여자한테 윙크를 했다고?"

에이미가 고개를 절레절레 저었다. 많은 알코올중독자들처럼 그녀 또한 술에 취하면 기억하지 못하는 일이 많았다. 에이미는 낮게 한숨 쉬었다.

— 나는 맨체스터로 이사했어. 맨체스터 유나이티드 풋볼 매거진에 취업했기 때문이야.

이후 파파라치 그 여자는 정말 사진파일 일체를 에이미에게 보냈다. 사진 중에는 추억으로 간직할 만한 것도 없지는 않았지만 유포되면 지탄받을 것들이 더 많았다. 에이미는 안도했다. 이 사진들이 세상에 풀렸다는 가정만으로도 골이 지끈거렸다. 세상의 눈이 무섭지는 않지만 가십거리로 입방아에 오르내리는 건 괴로운 일이다.

— 이제 네 사진이라곤 단 한 장도 갖고 있지 않아. 나는 더 이상 파파라치 일은 안 할 거야. 제아무리 합법이라 해도 그 일을 하는 내내 마음이 불편했거든.

이 내용을 끝으로 파파라치 그 여자는 더 이상 연락을 해오지 않았다. 에이미는 약속을 지킨 파파라치 그 여자에게 고마움을 느꼈고 그래서 대가를 지불하고 싶어 했지만, 그녀는 에이미의 호의 담긴 이메일에도 회신하지 않았다.

에이미 와인하우스는 여전히 무성한 소문의 주인공으로 세인의 입에 오르내렸다. 그녀는 공연 도중 자주 뭔가를 마셨는데 그것이 술인지 물인지에 대해 여러 설이 오갔다. 에이미의 눈빛은 점점 더 불안해져갔다. 그녀를 아끼는 팬들은 안타까워했으며 남 말하기 좋아하는 사람들은 이런 저런 소설을 써내면서 안줏거리로 삼았다.

에이미가 세계인을 경악시킨 행동은 세르비아 공연 중에 일어났다. 그녀는 노래를 부르지 못할 지경으로 만취해서 무대에 올랐다. 위태롭게 비틀댔으며 혀가 꼬여 제대로 노래할 수 없었다. 신발을 벗어 집어던지거나 코러스의 마이크를 빼앗아 던지는 등 비정상적인 행동도 서슴없이 했다. 에이미는 이제 선을 넘었다, 고 모든 언론이 일제히 보도했다. 그리고 실제로 그날로부터 일주일 후 돌아오지 못할 선을 넘어가고 말았다. 급성알코올중독으로 인한 사망이라 했다. 결국 술이 그녀를 집어삼켰다.

파파라치 그 여자는 직장에 휴가를 내고 런던 행 고속철도에 올랐다. 그 여자가 캠든타운 스퀘어 30번지 에이미의 집에 도착했을 때엔 벌써 많은 추모객들이 모여 있었다. 에이미의 히트곡들이 여기저기서 들려왔고 훌쩍이는 이들도 종종 눈에 띄었다. 꽃과 술병과 술잔, 에이미의 초상화 같은 것들이 집 주변을 장식하고 있었다. 파파라치 그 여자도 준비해 간 작은 술병을 가만히 내려놓았다. 알고 지내던 사이가 아니었음에도 슬픔은 생각보다 컸다.

그 여자가 눈물을 훔치려는 찰나 낯익은 남자 하나가 시야에 들어왔다. 파파라치 일을 할 때 거리 곳곳에서 마주치던 사람이었다. 카메라를 들고 있는 남자의 눈동자가 이리저리 움직이면서 번뜩였다. 사냥감을 찾는 맹수의 눈빛과 다르지 않았다. 그 여자는 소스라쳐서 얼른 외면했다. 파파라치는 파리처럼 웽웽거리며 달려드는 벌레라는 뜻이라는데, 예전 자신의 모습이야말로 다른 이의 눈에 벌레처럼 보였을 것이다. 부끄러웠다. 그 여자는 자신의 손에 카메라가 쥐어져 있지 않다는 사실에 안도하면서 얼른 자리를 떴다.

그녀는 지독한 사랑의 열병을 앓게 되었다. 그 결과로 탄생한 노래가 〈백 투 블랙〉이다. 이 노래는 '우린 단지 말로 안녕이라고 했지/나는 백번을 죽었어/너는

그녀에게로 돌아가고/나는 어둠으로 돌아간다'는 내용의 가사를 담고 있는 애절하고 슬픈 노래로, 에이미 와인하우스는 이 곡으로 2008년 그래미 4관왕이 된다.

문학으로 덕질하다 | 스타가 될지도 몰라

장 미셸 바스키아

화가 1960~1988

작가노트 _ 천재라 불려도 마땅할 예술가적인 재능을 다 펼쳐 보이기도 전에 스물여덟 나이로 안타깝게 요절했으며 당대 유명 셀럽들이 교류하고 싶어 했고 (비록 자신은 싫어했던 것 같지만) 외모조차 매력적이었던 낙서화가. 이런 인물이라면 누구라도 이야기로 쓰고 싶은 마음이 들 것이다. 나 또한 바스키아를 스케치북에 그려보고 싶어 했고 또한 글로도 써보고 싶다는 생각을 지니고 있었다. 그러던 차 이 소설 「스타가 될지도 몰라」 구상에 들어갔다. 소설 후반부에 등장하는 '시꺼멓게 타들어간 심장과 붉은 얼굴을 가진 반인반수(혹은 괴수)가 서있고, 그 주위로는 붉고 푸르고 노란 수십 개의 눈

스타가 될지도 몰라

알이 떠다니고 있었다. 괴수의 발치께에는 눈알 수만큼이나 많은 담배들이 널려 있었다' 부분은 바스키아의 그림(Exu, 1988, 캔버스 위에 아크릴릭과 유성크레용, 199.5×254㎝)을 글로 묘사한 것이다.
바스키아가 프랑크푸르트에 사는 친구를 만나러 오는 장면은 '1988년 1월 뒤셀도르프의 한스 마이어 화랑에서 개인전을 열었다'는 한줄 기록에 의거, 소설로 구성해 본 것이다. 물론 당연히 여기 등장하는 바스키아의 친구는 가공인물이다. 소설의 무대를 프랑크푸르트 작센하우젠으로 설정한 것은 내가 오래 전 어느 한때 그 마을에 거주했던 적이 있었기 때문이다.

스타가 될지도 몰라

— 뉴욕 소더비 경매에 나왔던 장 미셸 바스키아의 그림이 위작논란에 휩싸였다. 문제를 제기한 사람은 미술품 수집가로 알려져 있는 미국인 R씨로, 그는 바스키아의 작품을 비롯하여 세계 유명작가 작품을 다수 소장하고 있는 인물이다. R씨는 이번 경매에 나온 것과 거의 똑같은 소장그림을 공개하면서, 이름을 밝힐 수 없지만 신뢰할 만한 콜렉터로부터 수년 전 구입했다고 말했다. 아울러 R씨는 바스키아가 유사한 그림을 두 점 그렸을 리 없다고 주장하고 있다. 두 그림의 차이라면, R씨 소장품이 캔버스 위에다 그린 것인데 반해 이번 경매에 나온 것은 티셔츠에 그려져 있었다. 본지는 바스키아 사망 31주년을 맞이하여 이 사건을 포함하여 그에 관한 특집을 내보내기로 한다.

글로벌 미술잡지 『아트뉴스』의 영어판 기사 앞부분이다. 『아트뉴스』는 계속하여 바스키아의 성장과정으로부터 그의 전 생애 그리고 작품세계에 이르기까지 무려 10페이지에 걸쳐 기사를 싣고 있었다.

잡지를 저만치 밀쳤다. 더 이상 읽고 싶지 않았다. 그러니까 R씨라는 사람에 의하면 나는 졸지에 가짜그림을 경매에 붙인 사기꾼이 되어 버렸다. R씨가 의심하는 그림 즉 티셔츠에 그려진 바스키아 작품을 소더비에 내놓은 장본인이 바로 나니까.

내가 출품한 그림을 두고 이러쿵저러쿵 의견이 분분하자 나는 두말없이 그것을 거둬들였다. 나는 내 경솔했던 행동에 대해 여러 날 자책하면서 괴로워했다. 아무리 궁핍해도 친구의 작품을 팔아치울 마음 같은 건 품지 말았어야 했다. 문득 31년 전의 일이 바로 어제인 듯 눈앞에 펼쳐졌다.

*

31년 전, 당시의 나는 독일 프랑크푸르트에 거주하면서 미술작업을 하고 있었다. 여간해서는 외출하지 않는 편이었지만 그날따라 필요한 화구가 있어 마인 강 건너에 있는 차일 거리로 나갔다.

화방에서 물품을 산 후 아파트에 다다랐을 때 집 앞에서 서성이고 있는 사람 하나가 눈에 들어왔다. 삐죽삐죽 치솟아있는 레게머리를 확인하는 순간 그가 장일지도 모른다고 생각했다. 그러나 확신할 수는 없었다. 왜냐하면 녀석은 이미 세계적 인물로 명성을 떨치고 있던 터라 그런 유명인이 내 집 앞에서 한가하게 서성일 턱이 없기 때문이다. 이미 그와 나는 전혀 다른 세상에 살고 있었으므로 두 눈으로 똑똑히 보고 있음에도 믿기 힘들었던 것이다.

"혹시 너니? 장 미셸 바스키아, 내 친구."

나는 가만히 중얼거렸다. 그러자 와락 그리움이 솟구쳐 올랐다.

과연 장이었다. 녀석은 회색 울 재킷에 하늘색 셔츠를 받쳐 입고 줄무늬 넥타이를 하고 있었다. 격식을 갖춘 듯해 보이는 상의에 비해 하의는 물감이 덕지덕지 묻어있는 데님바지였다. 자세히 보니 셔츠 깃이나 넥타이도 형편없이 구겨져 있었다. 남 말하기 좋아하는 호사가들에 의하면, 헤로인 남용으로 요즘 들어 부쩍 망상에 사로잡혀 있기 일쑤고 외모에도 신경 쓰지 않는다고 하던데 그 모습을 목도하고 있는 것 같아 마음이 아팠다. 나는 짐짓 쾌활한 어조로 목소리를 높였다.

"어이 친구. 언질도 없이 갑자기 웬일이야?"

"뒤셀도르프에 왔다가 한번 들러봤어."

"많이 기다렸나?"

"한 시간쯤?"

"그렇게나 오래? 세계적인 작가를 기다리게 하다니 이거 미안한걸."

내 말이 겸연쩍게 느껴졌는지 장이 소리 없이 웃었다. 그는 어릴 때부터 잘 웃는 아이였다. 그의 미소를 보자 퍼뜩 어린 시절이 떠오르면서 갑자기 말할 수 없이 기분이 좋아졌다.

"조금만 더 기다리다가 그냥 가려고 했어."

"미리 전화하지."

"아, 즉흥적으로 온 거라서."

되너케밥 사느라 터키인 푸드트럭에 들르지만 않았어도 한 20분 정도는 당길 수 있었을 것을. 하기야 그가 즉흥적으로 온 것이니 내가 굳이 미안해 할 일은 아니었다.

장은 느닷없는 행동을 곧잘 하곤 했다. 언제던가 전화벨이 울려서 수화기를 드니 장이었다. 그는 다짜고짜 울음부터 터뜨렸다. 흐느끼는 와중에도 무슨 말인가를 했으나 울음이 목소리를 먹어버려서 거의 알아들을 수 없었다. 궁금증만 잔뜩 안긴 채 장은 일방적으로 전화를 끊었지만 이내 그 이유를 알 수 있었다. 습관적으로 켜놓고 있던 독일라디오방송 DLF를 통해 앤디 워홀 사망 소식을 들었으니까.

앤디 워홀은 장의 우상이었다. 잔뜩 기대했던 앤디 워홀과의 공동 작업*이 실패로 돌아간 이후 둘 사이가 소원해졌다는 얘기를 이러저러한 매체를 통해 듣긴 했으나 그렇다고 앤디 워홀을 향한 장의 동경마저 시들해진 것은 아니었다. 앤디 워홀이 자신에 대해 어떻게 생각하건 장은 여전히 앤디 워홀을 정신적 멘토로 삼고 있었고 그런 만큼 앤디 워홀의 갑작스런 죽음이 그에게 가했을 충격이 어느 정도였을지는 짐작 되고도 남았다.

당시 나는 프랑크푸르트 작센하우젠에 있는 한 아파트에 살고 있었다. 5층 건물에 일본인과 터키인 각각 한 가구,

독일인 두 가구, 그리고 미국인인 나, 이렇게 총 다섯 가구가 한 층씩 차지하며 살았는데 아파트가 낡긴 했어도 제법 넓어서 그림 작업하기에 손색없는 공간이었다. 바로 맞은편에 도이체방크가 있고 슈퍼마켓과 빵집, 우체국 등 편의시설들도 근거리에 있어서 만족하며 살고 있었다. 무엇보다 마을 자체가 예술적 분위기라 내가 참 좋아하던 곳이었다.

장과 나는 어린 시절 미국 브루클린에서 서로 이웃하며 살았다. 우리는 틈만 나면 만화책을 함께 봤고 등장인물 모사하기를 꽤나 즐겼다. 장이나 나나 미술적인 소질이 있었던지 제법 잘 그린다는 소리를 듣곤 했다. 십대에 접어들자 우리는 스프레이 페인트를 들고 돌아다니면서 적당한 담벼락이 눈에 띄면 낙서 같은 그림을 그렸다. 그건 전적으로 장의 아이디어였다. 재빠르게 그려놓고는 도망치는 게 퍽이나 스릴 넘치고 재미있었다. 그가 그려내는 그림들을 보노라면 절로 감탄사가 터져 나왔다. 밑그림도 없이 마음먹은 대로 쓱쓱 잘도 그렸으니까.

열일곱 살 때였던가? 장이 말했다.

"나는 스타가 될지도 몰라."

그때엔 흘려들었지만 장은 정말 스타가 되었다.

장은 특히나 왕관을 자주 그렸다. 아기공룡의 머리 위 또는 본인의 자화상에도 그려 넣었다. 뿐만 아니라 흑인 재즈뮤지션이나 행크 아론 같은 흑인 스포츠스타를 그릴 때도 왕관을 등장시켰다. 살아있는 동안 장은 자신이 즐겨 그렸던 왕관처럼 반짝반짝 빛났다. 이 때문에 매그재단미술관의 디렉터였던 장 루이 프라가 장에게 별명을 붙여줬는데, 그 이름은 '소년왕'이었다.

장과 내 나이 스무 살이던 1980년 내 아버지가 베를린에 직장을 갖게 되면서 우리는 헤어지게 되었다. 베를린의 한 대학에서 나는 미술을 전공했고 졸업 후에 독립하면서 프랑크푸르트로 거처를 옮겼다. 쉰아홉 살이 된 지금도 나는 여전히 프랑크푸르트에 살고 있다. 장이 살아있다면 그 역시 나와 같은 나이인데, 장 미셸 바스키아의 쉰아홉이란 상상하기조차 어렵다.

사족이 길어졌지만, 그러니까 장과 나는 헤어진 지 8년 만에 해후하게 된 것이다. 전화통화는 이따금 했던 터라 그리 어색한 느낌은 없었지만 그럼에도 뜬금없는 만남이 아닐 수 없었다.

8년의 기간을 거치는 동안 장과 나 사이에 벌어진 신분상의 차이는 하늘과 땅 만큼이라 해도 좋을 정도로 벌어져 있었다. 그는 훌륭한 화가로 그리고 대중적인 스타가 되어 돈과 명성을 모두 얻었지만 나는 그때도 겨우 공모전이나 기웃대던 처지였다.

나는 장과 함께 이층에 있는 내 공간으로 올라갔다. 우린 이런저런 시답잖은 얘기를 나누면서 케밥을 나눠 먹었고 커피도 두 차례 끓여 마셨다. 그러다 장의 엄마의 근황으로까지 화제가 옮겨갔는데, 그가 문득 심란한 표정을 지었다. 엄마가 정신병원에 입원 중이었기 때문이다. 장은 자신이 엄마에게 불효하고 있다고 생각하는 것 같았고 자책하는 듯했다.

나는 분위기를 바꿔 볼 요량으로 대화의 방향을 틀었다.

"하우프트바헤 광장에 가서 맥주나 마실까?"

"광장은 어디에 있는데?"

"마인 강 건너."

장이 고개를 저었다.

"너무 멀어."

잠깐의 침묵이 흐른 뒤 그가 돌연 물었다.

"새 캔버스 있나? 아크릴물감은?"

나는 물론 모든 게 다 있다고 말하고 그가 원하는 걸 가져다 줬다. 장은 빈 캔버스를 바닥에 내려놓았다. 그러나 선뜻 그림을 그리지는 않았다. 그는 연달아 대마초를 피워대면서 여러 화제를 끄집어냈고 끊임없이 말했다. 얘기는 주로 그가 했고 나는 듣는 편이었다. 그날 소문으로만 접하던 키스 해링이나 앤디 워홀에 대해서도 비교적 자세히 들을 수 있었다. 나로선 흥미로운 이야기들이었다. 그러나 묻고 싶은 건 따로 있었다. 소문대로 그가 마돈나하고 정말 사귀었나 하는 것이었다. 그러나 굳이 물어보지는 않았다.

장은 시대의 아이콘으로 텔레비전이나 잡지 혹은 여러

미디어를 통해 자주 노출되었다. 그는 화가로서 혹은 대중스타로서 최정상까지 올라갔음에도 불구하고 어느 면에선 콤플렉스 덩어리였다. 그는 늘 피부색에 민감하게 반응했다. 장은 자기 자신을 온통 검은색으로 그려놓은 다음 바보, 라고 노골적으로 써넣기도 했다. 대중들이 장을 지칭할 때 '화가'라고 하지 않고 '흑인 화가' 혹은 '검은 피카소'라고 부르는 데에 대한 반발인 듯했다. 언제던가 그것에 대한 우울함을 견디지 못하고 한밤중에 전화를 걸어온 적이 있었다. 그는 다짜고짜 토로했다.

"이해할 수 없어. 나는 까만 물감만 쓰지 않아. 여러 색깔로 그림을 그린다고."

당시 나는 그에게 대중의 말 따위 개의치 말라고 충고했었던 같다. 그가 뭐라고 대꾸했는지는 기억나지 않는다.

시간이 흘렀고 서로의 얼굴 윤곽이 잘 보이지 않을 정도로 어둑해졌다. 전등 스위치를 올렸다. 그러는 사이에도 장의 시선은 줄곧 캔버스에 머물러 있었는데, 그는 화포를 채울 무언가를 구상하는 것처럼 보였다.

"내가 재미난 얘기 하나 해줄까?"

장이 새로운 대마초에 불을 붙이면서 싱글거렸다. 나는 그가 정말 재미난 얘기를 할 줄 알았다. 가령 개그 같은 거.

"사람들은 이상해. 내가 유명해지니까 오래 못 갈 거라고 수군대더니 예상보다 오래 가니까 또 내가 나를 죽이고 있다고 하더군. 마약을 말하는 거야. 그래 그건 그렇다 쳐. 그러나 만일 마약에서 손 떼면 그때는 뭐라고 할까. 내 작품이 죽었다고 하겠지? 그러니까 대중들의 이론에 의하면, 나는 지속적으로 마약을 해야 하는 거고 그 마약의 힘으로 그림을 그려야 마땅한 거야. 그러다 보면 종래에는 약이 나를 먹어버리겠지."

"그런 의미가 아닐 거야, 장."

"솔직히 말할게. 나는 무서워. 마약을 극복하면 지금과 같은 그림이 나오지 않을까봐. 그렇게 되면 사람들은 나를 떠나겠지."

"그렇지 않아. 대중들은 널 사랑해."

"나는 어쩌면 예전처럼 또다시 워싱턴 스퀘어파크 종이 박스에서 살게 될지도 몰라."**

가슴이 먹먹했다. 그때 장에게 따스한 말 한 마디 건네지 못한 걸 나는 두고두고 후회했다.

"널 다시 볼 수 있다면 좋을 텐데."

나는 장의 그 말을 대수롭지 않게 들었다. 그랬으므로 가볍게 대꾸했다.

"다음번엔 내가 너에게로 갈게."

이윽고 밤이 깊어지자 우린 잠자리에 들기로 했는데, 그가 고집을 꺾지 않아 어쩔 수 없이 침대는 내 차지가 되었다. 장은 소파에 몸을 뉘었다. 나는 베개에 머리를 대자마자 깊은 잠에 빠졌다. 장이 그날 잠을 잤는지 날밤을 새웠는지 알 수 없지만 내가 눈을 떴을 때에 그는 소파에 오도카니 앉아있었다. 어떠한 미동도 없이 가만히.

커피 한잔을 마시고, 대마초 두 대를 피운 후 그는 택시를 타고 떠났다.

캔버스는 그 전날과 똑같이 비어 있었다. 뭔가를 그릴 줄 알았던 나는 고개를 갸웃했다.

장이 내 티셔츠에 그림을 그렸다는 사실을 알게 된 것은 오후 무렵이었다. 무지 흰색 티셔츠 뒤판 가득히 그림이 그려져 있었다. 빨래바구니에 들어있던 옷을 끄집어내어 그린 것이다.

그림은 다소 섬뜩했다. 시꺼멓게 타들어간 심장과 붉은 얼굴을 가진 반인반수(혹은 괴수)가 서있고, 그 주위로는 붉고 푸르고 노란 수십 개의 눈알이 떠다니고 있었다. 괴수의 발치께에는 눈알 수만큼이나 많은 담배들이 널려 있었다. 여러 색깔을 한 눈알들은 편견에 사로잡혀있는 대중을 표현한 듯했다. 붉은 눈에 붉은 얼굴, 위로 삐죽 솟은 기다랗고 붉은 귀. 장은 아프리카 전통주술에나 등장하는 어둠의 제왕을 제 앞으로 불러왔다.

장은 그로부터 약 4개월여 후에 세상을 떴다. 뉴욕 그레이트 존스 스트리트 57번지 꼭대기 자기 방에서 죽었다. 환풍기에 기댄 모습으로 숨이 끊어져 있었다는 기사를 읽었다. 사인은 약물과다복용이라고 했다.

내가 출품한 그림을 두고 이러쿵 저러쿵 의견이 분분하자 나는 두말없이 그것을 거둬들였다. 나는 내 경솔했던 행동에 대해 여러 날 자책하면서 괴로워했다. 아무리 궁핍해도 친구의 작품을 팔아치울 마음 같은 건 품지 말았어야 했다.

소더비에서 거둬들인 티셔츠를 가만히 손으로 쓸어본다. 장의 손에 쥐어져 있던 붓이 스치고 지나간 자리자리 마다 그리움이 샘솟았다. 반짝반짝 빛나던 천재화가의 생애는 허무하리만큼 빨리 사라졌다. 내 친구 장은 대도시 한 가운데서 길을 잃은 고독한 방랑자였다. 장, 그곳에서는 피부색의 편견 없이 잘 있는 거지?

*1982년 이래로 함께 작업하던 바스키아와 앤디 워홀은 마침내 1985년 둘의 합동전을 열게 된다. 그러나 예상보다 많은 악평에 시달리게 되고 단 한 점의 작품 밖에 팔리지 않았다.

**바스키아는 1976년 12월 16세 나이에 두 번째 가출을 하게 되며 이때 그리니치빌리지 워싱턴 스퀘어파크에서 노숙하면서 환각제 LSD를 최초 사용하게 된다.

작가노트 _ 뮌헨과 파리를 오가며 살고 있다는 파트리크 쥐스킨트는 은둔자로 알려져 있다. 결벽증이 있어 악수도 꺼린다고 한다. 또한 공개석상에 나타나는 것을 기피하는 성격이라 문학상 수상자로 지명되었음에도 수상을 거부했을 정도로 대중기피증이 있는 것으로도 알려져 있다. 『좀머 씨 이야기』, 『비둘기』, 『콘트라베이스』, 『깊이에의 강요』 등 널리 알려진 작품이 많음에도 인터뷰는 딱 네 번 한 게 전부라고 한다. 작가의 이러한 독특한 캐릭

파트리크 쥐스킨트

소설가 1949~

터는 사실 소설적인 상상력을 부추기기에 딱 좋다. 그러나 이 스마트소설은 파트리크 쥐스킨트가 아니라 그의 작품 『향수』의 주인공 장 바티스트 그르누이를 내세웠다. 그르누이가 자신을 탄생시킨 장본인에게 할 말이 많을 거라는 상상 때문이었다. 본인의 뜻이 아님에도 세상에 둘도 없는 냉혈악인으로 그려진다면 당사자는 과연 어떤 심정일까, 하는 공상을 하게 된 것이 이 소설 「나의 창조자이시며 나를 소멸시킨 자」의 출발점이다. 그르누이 이미지는 영화 〈향수-어느 살인자의 이야기〉에서 차용하였다.

나의 창조자이시며

나를 소멸시킨 자

나의 창조자이시며 나를 소멸시킨 자

안녕하세요, 파트리크 쥐스킨트 작가님. 나는 장 바티스트 그르누이입니다. 아시다시피 당신이 창조한 인물입니다. 그러므로 나는 당신을 이제부터 아버지라 부르겠습니다. 당신의 허락을 받을 일은 아닌 것 같아 내 마음대로 하려고요.

아버지는 좀체 인터뷰를 하지 않는 작가로 알려져 있더군요. 다른 작가들에 비해 사진을 쉽게 찾을 수 없는 이유가 이 때문일 것으로 짐작하고 있습니다만 나는 아버지의 여러 모습을 잘 알고 있죠. 잠자는 모습이며 둥근 식탁에 앉아 여유롭게 식사하는 모습, 피아노 연주하는 모습, 지인과 담소하면서 와인 잔 기울이는 광경, 찡그린 얼굴 혹은 크게 웃는 모습까지도 말입니다. 장편소설 『향수』를 집필하는 동안 내내 함께 했으니 당연한 일이죠.

나와 아버지는 『향수』를 통해 주인공과 작가로 만나게 됩니다. 소설 속 무대는 18세기 프랑스입니다. 소설에서 나는 냄새에 관한 천재적인 인물로 그려집니다. 이 '천재'라는 단어에 들어있는 의미가 칭송의 뜻이 아니란 걸 나는 잘 압니다. 내게 이 단어는 '끔찍함'과 동의어입니다.

소설에서 나는 세상에 둘도 없는 사악한 인간으로 등장

합니다. 나는 근 일 년에 걸쳐 스물다섯 명의 소녀를 살해해요. 내 오두막에서 발견된 스물다섯 벌의 옷과 스물다섯 개의 머리카락 뭉치는 내가 스물다섯 명을 살해했다는 명백한 증거로 채택됩니다. 열다섯 살 때 죽인 붉은 머리 소녀까지 합치면 나는 도합 스물여섯 명을 해친 셈이 됩니다.

나는 자칫 처형당할 처지에 놓이기도 합니다. 나를 구해준 건 아버지였어요. 소설의 결말을 따로 생각하고 있었기에 생명을 조금 더 연장시켜준 것입니다. 물론 아버지의 두뇌와 아버지의 마음과 또한 아버지의 펜이 행한 일이지요. 하지만 직접적으로 내 생명을 구한 것은 바로 나 자신 아닐까요. 내가 향수를 뿌린 덕이잖아요.

내가 제조한 향수를 아버지는 '궁극의 향수'라고 명명했습니다. 나는 소설 속에서 감정조차 결여된 극히 혐오스런 인간으로 그려집니다. 그러나 끊임없이 생각했습니다. 다른 많은 소설의 주인공처럼 나도 사랑받고 싶어, 라고요. 아버지는 물론 나의 속마음까지야 알아차리지 못했을 테지만, 소설의 세계에서는 나도 살아있는 캐릭터임에 분명하니 그 정도의 마음쯤 품을 수 있는 거 아닐까요?

아버지는 책 제목을 『향수』로 정하면서 '어느 살인자의 이야기'라는 부제를 붙였습니다. 아버지는 애초부터 나를 미래의 살인자로 설정해놓은 다음 연쇄살인마가 되어가는 과정을 차근차근 풀어나간 것이지요. 그러나 다시 말하지만, 나는 그런 인물이 되고 싶지 않았어요. 아버지는 내게 참 가혹했습니다. 긍정적이고 아름다운 시절도 함께 부여해줬더라면 좋았을 걸 그랬어요. 진짜 인간세계는 희로애락이 함께 섞여 있다면서요.

나는 악취 심한 파리의 어느 시장에서 태어나는 걸로 설정되어 있습니다. 내 엄마라는 자는 매독을 앓고 있던 행실 나쁜 여자였어요. 그녀는 내가 세상에 나오자마자 조금 전까지만 해도 장사하던 생선 칼로 탯줄을 끊어 자신의 몸과 분리시켰죠. 아버지는 나를, 나의 엄마로 하여금 파리떼가 득시글거리는 쓰레기더미에 버려지게 만들었습니다. 내 엄마의 이와 같은 천인공노할 행실은 그때가 처음이 아니라 벌써 다섯 번째라는 게 경찰 조사 결과 밝혀지죠.

엄마가 나를 생선내장과 동일하게 취급하여 쓰레기더미에 내던졌을 때 나에게 선택권이 주어졌더라면 나는 죽음을 택했을 것입니다. 쥐 죽은 듯 가만히 있기만 하면 될 일이었으니까요. 그랬더라면 내 위로 넷이나 되는 형이나 누나들처럼 생선내장과 함께 소각되었을 텐데 말이죠. 살아남아 봤자 결국 살인자가 될 운명이잖아요. 살아 뭐하겠어요. 그러나 나는 실수로 울음소리를 내고 말았습니다. 상인들은 생선 좌판 뒤에서 벌어진 사태를 눈치 챘고 내 엄마는 영아살인죄로 처형당하게 됩니다. 나를 살리고 내 엄마를 죽이는 길을 아버지 당신은 선택한 것이죠. 내게 결정권이 있었더라면, 그리하여 내가 대신 죽었더라면 먼 후

일 스물여섯의 소녀들이 무참히 살해되는 일은 일어나지 않았을 것입니다. 왜 그랬나요 아버지!

나는 낙인찍힌 아이로 자라게 됩니다. 나의 인식표는 '영아살인마의 사생아'였습니다. 그 꼬리표를 달고 살아가는 내게 좋은 세상이 펼쳐질 리 없습니다. 아니 아버지가 애초부터 내 인생을 그렇게 그리기로 작정한 거죠. 아버지는 나에 대해 묘사하기를 '이 시대에는 혐오스러운 천재들이 적지 않았는데, 그는 그중에서도 가장 천재적이면서 가장 혐오스러운 인물 가운데 하나였다. 이 책은 바로 그 사람에 대한 이야기이다'* 라고 했어요. 본인의 소설이니 당연히 기억하겠죠. 허나 바로 이 부분이 나를 몹시 슬프게 만들어요. 나는 자주 아버지에게 호소했었죠. 이 불우하고 불공평한 세상에서 끄집어내달라고. 집필 당시 내가 아버지의 꿈에 자주 나타났던 이유를 이젠 이해하시겠어요? 아버지에겐 단지 악몽이었을 테지만요.

겨우 스물아홉 해를 살다 간 나는 말이죠, 오랜 동안 사람들이 나를 왜 그토록 싫어하는지 모르고 있었습니다. 그저 태생이 비천하니까 혹은 절름발이에다 못생긴 외모의 소유자라서 미워하는 줄로만 알았죠. 아버지는 내 나이 스물다섯이 되었을 때에야 비로소 그 사실을 인지시켜 주었습니다. 사람들이 나를 기피하는 이유는 바로 내가 냄새 없는 인간이기 때문이었던 거죠. 물론 아버지의 머릿속에는 이미 그 모든 줄거리가 들어있었겠지만 내게 귀띔해주지 않았으니 어찌 내가 알아차릴 수 있었겠습니까?

묻고 싶어요. 체취 없는 인간이 이 세상에 과연 존재하기는 한 것입니까? 나는 왜 하필이면 냄새 없는 인간으로 태어나서 타인의 냄새를 탐하게 되었을까요. 하긴 그처럼 괴이한 인간이 아니었다면 온 세상을 향해 마법을 걸 수 있는 궁극의 향수 같은 건 제조해내지 못했을 테지만요.

소설의 주인공인 장 바티스트 그르누이 즉 내가 더 이상 세상에 존재할 필요가 없다고 여겨졌을 때 아버지는 나를 묘지로 데려갑니다. 그곳이 내가 사라지기에 적합한 장소라 여긴 것이죠. 아버지는 탈영병과 불량배와 창녀 등 온갖 군상들을 그곳에 그러모았습니다. 그 수가 서른이라고 책에 명시되어 있습니다. 아버지는 이제 소설을 끝내기로 작정합니다. 나는 아버지의 뜻에 따라 향수를 뿌립니다. 궁극의 향수이니 당연히 주변에 아름다움이 퍼져나갔을 테죠. 비천한 군상들은 처음엔 놀라고 다음으로는 감격합니다. 과연 향수의 위력은 대단했습니다. 연쇄살인마인 내가 인간 천사로 보일 정도였으니까요. 그들 모두가 나를 사랑하게 되었습니다.

그들은 나를 연모했던 까닭에 가까이 오고 싶어 했습니다. 지나치게 사랑한 나머지 소유하고 싶어 했죠. 다만 한 점의 살이라도, 조그만 뼛조각이라도, 한 토막의 관절이라도 차지하고 싶어 했습니다. 그들은 앞 다퉈 경쟁적으로 달려들었습니다. 그들은 내 몸뚱어리를 칼로 잘라 서른 조각으로 나눠서는 각자 한 조각씩 갖고 가서 물어뜯고 삼켰습니다. 그들은 사랑이란 이름으로 나를 먹어치웠습니다. 이때 그들이 느꼈던 황홀한 쾌감을 아버지는, '자신들의 음울했던 영혼이 갑자기 환하게 밝아졌다. 그들의 얼굴에 수줍은 아가씨 같은 달콤한 행복의 빛이 떠올랐다.'**라고 묘사합니다.

아버지는, 세상에서 가장 불행한 부류라고 할 수 있는 그들에게 생애 처음 크나큰 행복을 맛보게 한 것입니다. 아니죠. 소설 속에서 일어난 일이니 내가 준 것이라고 해야 합당합니다. 그래요. 내가 그들을 행복하게 만든 것입니다. 아버지는 나로 하여금 소녀 스물여섯을 살해하도록 하였으나 또한 고통 받던 서른 명에게 사랑을 나눠주게 한 거죠. 그들은 나를 먹음으로써 마음이 가벼워졌으며 달콤한 행복을 맛보았습니다. 말하자면 나는 살신성인을 행한 것이죠. 그러니 아무리 생각해도 내가 세상에서 가장 혐오스럽고 사악한 인간은 아닌 것 같아요.

문득 생각날 때마다 찾아가겠습니다 아버지. 나는 당신을 좇아다니는 망령입니다.

*파트리크 쥐스킨트, 『향수』, 열린책들, 2003, 9p
**파트리크 쥐스킨트, 『향수』, 열린책들, 2003, 379p

문학으로 덕질하다 | 첼시호텔 411호

재니스 조플린

가수 1943~1970

작가노트 _ 재니스 조플린이 살아있다면 일흔일곱일 것인데 그녀의 노년이란 상상하기 힘들다. 구불구불한 긴 머리에 마이크를 잡고 포효하는 모습, 요란한 액세서리, 나팔바지, 자유분방함 이런 모습들이 우리 마음속에 각인되어 있기 때문일 것이다. 재니스 조플린은 내가 팝에 눈을 뜨면서 알게 된 초기 가수 가운데 하나라서 더더욱 잊지 못할 것 같다. 실은 이 소설의 발단은 재니스 조플린이 아니라 첼시호텔이었다. 전설처럼 회자되는 첼시호텔을 배경으로 글을 써봐야겠다고 작정했을 때 이 호텔을 거쳐 간 예술가들 몇몇이 떠올랐다. 그 중에서 첫 번째로 생각난 아티스트가 재니스 조플린이다. 팬심의 발로였을 것이다.

뉴욕 맨해튼에 위치하고 있는 첼시호텔 건물은 1885년에 완공된 걸로 알려져 있다. 신축 당시는 호텔이 아니었지만 리뉴얼 후 첼시호텔이라는 이름으로 개장했다고 하며 그 시기는 1905년이다. 첼시호텔이 전 세계적으로 유명해진 이유는 특별히 시설이 좋아서가 아니라 다수의 팝스타와 배우, 영화감독, 문학인 등이 이곳을 거쳐 갔기 때문이다. 〈첼시걸즈〉나 〈첼시호텔〉과 같은 영화가 이 호텔을 배경으로 제작되면서 더욱 더 전 세계적으로 알려지게 되었다.

첼시호텔 411호

첼시호텔 411호

"어쩌면 말이야. ……만약에 말이야."

되풀이하여 듣고 있는 재니스 조플린의 히트곡 〈메이비(may be)〉는 여행을 목전에 둔 사람이 듣기에 적당치 않을지도 모른다. 쥐어짜는 것 같은 블루스 감성은 자칫 마음을 무겁게 만들기 십상이기 때문이다. 노래를 들으면서 수인은 언제나처럼 또 중얼거린다.

"만약에 내가 예쁜 여자였더라면 지금쯤 어쩌면, 행복할까. 어쩌면 말이야, 만약에 말이야."

수인은 마지막으로 서던컴포트를 넣은 다음 캐리어를 닫았다. 주도 35퍼센트의 호박색 리큐어 서던컴포트는 생전의 재니스 조플린이 즐겨 마시던 술이라고 했다. 개봉하지 않은 새 상품임에도 특유의 진한 냄새가 후각을 자극했다. 어린이용 감기시럽 같은 향이다. 달짝지근하면서도 자극적인 이 증류주는 언젠가부터 수인이 가장 좋아하는 술이 되었다.

수인은 여권 소지 여부를 한 번 더 확인한 다음 집을 나섰다. 비행기 표는 편도만 끊었다. 돌아올 시기를 결정하지 못했다. 아니 정하지 않았다. 어떻게든 되겠지, 하는 심정으로 떠나는 여행길이다. 대기 중인 콜택시에 오른 수인은 5년 전의 기억을 떠올리며 좌석 등받이에 등을 기댄다.

*

재니스 조플린의 목소리에 대해 귀신을 부르는 것 같다고 말하는 사람들이 있었다. 재니스 조플린이 한때 투숙했던 첼시호텔에 유명귀신들이 우글거린다는 소문도 파다했다. 소문을 들었을 때 수인은 첼시호텔이란 곳에 한번 가보고 싶다고 막연히 생각했었다. 마크 트웨인과 오 헨리와 잭 케루악이 장기투숙하면서 글을 썼던 곳이고, 방랑시인 딜런 토마스가 객사한 곳이자 섹스 피스톨즈 멤버였던 시드가 자신의 애인 낸시를 살해한 장소이기도 하다니 과연 유명귀신들이 돌아다닐 만도 하다고 고개를 끄덕였다. 수인은 생각했다. 운 좋으면 귀신 몇을 만날 수도 있을 테지. 그것 참 재미있겠어, 라고.

수인이 재니스 조플린을 알게 된 것은 이 가수가 스물일곱 짧은 생을 다한 후로도 많은 세월이 흐른 뒤였다. 재니스 조플린이 1970년에 사망했고 수인은 그로부터 아홉 해나 지난 후에 태어났으니 당연한 일이다. 한참 뒤늦어서야 재니스 조플린이라는 걸출한 가수를 접하게 된 셈이지만 수인은 그 즉시 그녀에게 사로잡혔다. 처음에는 단지 거친 목소리가 자아내는 강한 호소력에 매료되었을 뿐이지만 재니스 조플린이 수인과 동일한 아픔을 경험했다는 걸 알게 되었을 때엔 그녀에 대한 이끌림이 뭐라 형언할 수 없을 정도로 강렬해졌다. 영혼까지 연결되는 느낌이었다고 나 할까. 기이하다고 여겨질 만큼이나 재니스 조플린과 자신을 동일시하게 되었다. 그런 현상은 이후로도 종종 발생했는데 시간이 지남에 따라 차츰 빈도가 잦아졌다. 그것은 타인의 눈에 비정상적인 현상처럼 비쳐지기도 했다.

재니스 조플린은 학창시절, 불어난 체중과 얼굴을 뒤덮은 여드름 때문에 '학교에서 가장 못생긴 남자아이(여성임에도)'로 불리며 따돌림 당했다고 한다. 수인 역시 과거 한 시절 같은 이유로 외톨이였다. 지칠 줄 모르고 피어나는 여드름에다 고도비만이었다. 이따금 학창시절을 회고할 때에도 이렇다하게 떠오르는 친구가 없는 이유는 그 때문이다. 다시는 돌아가기 싫지 않은 슬프고 외로운 시절이었다.

나이 듦에 따라 여드름은 사라졌지만 도무지 줄어들지 않는 거대한 몸뚱이는 수인의 전 인생을 주눅 들게 만들었다. 맞는 옷을 구할 수 없어 빅사이즈 옷가게를 찾아 다녀야 했으며 사람들의 시선이 싫어서 외출을 꺼리게 되었다.

수인도 재니스 조플린처럼 노래를 잘했다. 커서 분명히 가수가 될 아이라며 어린 시절부터 칭송의 말을 들었다. 자연스레 연예인을 꿈꿨고 텔레비전에 나가는 걸 소망으로 간직했었다. 하지만 초고도비만의 소유자인 그녀가 차지할 자리는 없었다. 운동이나 식이요법, 약물치료 등 할 수 있는 한도 내에서 모든 걸 시도했어도 효과를 보지 못했다. 상담 차 갔던 병원에서는 위밴드수술이나 위소매절제술을 권했다. 그러나 합병증이나 부작용이 발생할 수도 있다는 말을 듣자 차마 용기가 나지 않았다.

그녀가 트로트메들리 음반을 내게 된 것은 외모를 드러내지 않고도 노래할 수 있기 때문이었다. 수인의 음반은 주로 고속도로 휴게소에서 판매되었다. 음반재킷 어디에도 노래하는 이의 사진이 없지만 누구도 궁금해 하지 않는, 그러니까 그녀는 얼굴 없는 가수였다.

재니스 조플린은 가수로 성공하자 '진주'라는 예쁜 애칭을 갖게 되었다. 수인도 진주처럼 영롱하게 빛나고 싶었다. 재니스 조플린처럼 보라색 나팔바지를 입고 자신의 노래로 무대에 오르고 싶었다. 트로트메들리가 아니라 로큰롤을 하면서 신나게 무대 위를 뛰어다니고 싶었다.

재니스 조플린이 머물던 첼시호텔에 투숙하고 싶다는 막연한 생각을 구체화하기 시작한 것은 그녀가 그곳에 머물면서 서던컴포트를 즐겨 마셨다는 사실을 알게 되었을 때였다.

"첼시호텔에 가서 나도 서던컴포트를 마셔보리라. 밤을 새워서, 취하도록."

그렇게 작정하자 시시하던 인생에 돌연 불이 반짝 켜졌다. 수인이 그 소망을 이룬 시기는 지금으로부터 5년 전으로, 호텔 측과 십 수 차례 이메일을 주고받은 후에야 간신히 목표를 달성할 수 있었다. 411호가 아니면 숙박할 수 없다고 강하게 주장했다. 호텔 측은 수인의 심정을 충분히 이해했다. 왜냐하면 이와 유사한 요구를 하는 손님들이 첼시호텔에는 적잖이 있어왔기 때문이다. 몇 년을 기다려도 좋으니 2011호를 예약하고 싶다는 고객이라면 밥 딜런이 장기 투숙했던 객실에 머물고 싶다는 얘기이고, 424호가 아니면 안 된다고 고집을 피우는 손님이라면 레너드 코헨이 사용했던 방을 원하는 것이다. 같은 이유로 수인은 411호를 점찍었고 기다림 끝에 드디어 차례가 돌아왔다.

열세시간 정도 걸려서 뉴욕의 존에프케네디 공항에 당도했고 그로부터 한 시간 정도 후에 첼시호텔 소재지인 맨해튼에 도착했다. 월가 따위 구경하고 싶지 않았고 엠파이어스테이트빌딩이나 센트럴파크, 메트로폴리탄미술관 같은 명소에도 관심 없었다. 수인의 목적은 오로지 맨해튼 23번가에 있다는 첼시호텔 411호에 숙박해서, 말년의 재니스 조플린이 즐겨 마셨다는 서던컴포트를 밤새 마시고 그녀처럼 생각하면서 행동해보고 싶다는 것뿐이었다. 남들이 생각하기에는 우습고 하찮은 바람일지 몰라도 수인으로서는 가슴 뛰는 일이었다.

수인은 정말 그렇게 했다. 외출 같은 거 일체하지 않고 호텔에만 머물렀다. 취했고 춤췄고 노래했다. 그리고 목놓아 울었다. 재능이 있음에도 외모가 후지다는 이유로 기회조차 주어지지 않는 현실을 원망하면서 엉엉 울었다.

첼시호텔에 다녀온 후라고 삶이 특별히 달라지지는 않았다. 여전히 노래했고 얼굴없는 가수였으며 여간해서는 외출조차 하지 않는 평소와 다름없는 나날이 이어졌다.

폐에 암세포가 자라고 있다는 걸 알게 된 것은 불과 얼마 전의 일이었다. 아무런 징조 없이 갑자기 이럴 수도 있는 것인가? 종종 터져 나왔던 기침이 전조현상이었을까? 이번 생은 끝까지 내게 야박하구나. 맨 처음 든 생각은 이런 것들이었다. 의사는 항암치료를 권했다. 생각해보고 결정하겠다고 말했지만 참으로 비현실적인 현실이라서 한동안 어떠한 판단도 내릴 수 없었다. 그 와중에 어찌된 일인지 첼시 호텔을 떠올렸다. 그러자 수인의 입가에 미소가 떠올랐다.

5년 전과는 달리 이번에는 밤에 도착하게 되었다. 첼시 호텔은 물론 그 자리에 그대로 있었다. 단지 당시엔 건물 일층 왼쪽에 도넛가게가, 오른쪽에 문신가게가 있었던 거 같은데 사라지고 없었다. 어쩌면 잘못 입력된 기억일 수도 있다. 하기야 그런 건 하등 중요하지 않다.

이번에는 숙박하기 위해 온 것이 아니었다. 건물이나 한 번 더 보고 가자는 생각으로 왔다. 수인은 붉은색의 쇠락한 호텔을 가만히 올려다봤다. 1층서부터 2층, 3층…… 세어가다 보니 도합 12층으로 이뤄져 있다는 걸 새삼 알게 되었다. 꼭대기 층까지 올라갔던 시선을 다시 아래로 내렸다. 어림짐작으로 대략 411호쯤 되는 지점 언저리에 시선을 고정시켰다. 내가 5년 전 저기 묵었더랬지, 하는 생각과 그보다 훨씬 오랜 옛날 어느 한때에는 재니스 조플린도 저기 있었겠지, 이런 잡다한 것들이 머릿속을 빙빙 맴돌았다. 바로 이때였다. 수인의 눈길이 닿아있는 지점이 환히 밝아져 왔다. 곧이어 창이 열렸고 긴 머리 여인이 상체를

쑥 내밀었다. 수인은 그녀가 재니스 조플린이란 걸 알아차렸다. 이것이 뭘까. 헛것이 보이는 걸까. 수인은 눈을 두어 번 끔뻑였다. 어쨌든 상관없었다. 환영이든 뭐든 간에 재니스 조플린이지 않은가.

"하이 재니스!"

수인이 소리치며 두 팔을 높이 쳐들어 흔들었다.

"헤이."

재니스 조플린도 수인을 향해 손을 흔들었다. 그러나 기쁨도 잠시, 재니스 조플린이 창가에서 사라졌다. 말할 수 없이 서운했다. 수인은 다시 한 번 두 눈을 끔뻑였다. 눈을 감았다 뜨면 아까의 그 상황이 재현되기나 하는 것처럼. 그런데 다시 눈을 떴을 때 정말로 재니스 조플린이 있었다. 그녀가 창틀 턱에 걸터앉아 있었다.

"메이비 메이비……"

재니스 조플린의 노랫소리가 들려왔다. 암세포가 전신에 퍼져서 당장에 숨이 넘어간다 해도 두렵지 않을 정도로 감격스러웠다. 절로 눈물이 흘러내렸다. 눈앞이 어리어리했다. 손등으로 눈을 씻었다. 우상의 모습을 똑똑히 기억해둬야 했다. 수인은 흐느끼면서 평생에 걸쳐 생각하고 생각하던 화두를 다시금 꺼내들었다. 만약에, 만약에 내가 뚱뚱하지 않았더라면, 만약에 예뻤더라면, 그랬다면 어쩌면, 행복했을까? 만약에……

"메이비, 메이비."